ZON

Tradução
Silvia Massimini Felix

CAMILA FABBRI

O DIA EM QUE APAGARAM A LUZ

Não há punk rock nem festa de formatura,
nem sapatos de salto alto baratos abandonados na chuva
num estacionamento,
nem garrafas vazias de vinho tinto gelado,
porque nós éramos as garrafas vazias;
nada de jogá-las na parede atrás da escola,
porque nós éramos os vidros
que se estilhaçavam.
Não olhar mais para o oeste,
não há leste, norte ou sul,
apenas nós aqui parados,
juntos,
perguntando uns aos outros,
se nos lembramos de algo,
o que era que amávamos,
o que nos amava,
quem foi o primeiro a gritar nossos nomes.

MATTHEW DICKMAN

Para os meninos e as meninas da República Cromañón.
Eis minha carta, e ela diz assim.

1. CAVALOS SEM CORAÇÃO 15
2. NOITES INTERMINÁVEIS 19
3. REUNIÕES NO FOTOLOG 33
4. NOTÍCIAS POR TELEFONE 43
5. YANINA 47
6. MARTINA 53
7. MANUEL 63
8. JULIA 71
9. JOAQUÍN E NAHUEL 83
10. NAHUEL 87

11. JOAQUÍN 97
12. JOAQUÍN II 107
13. VERA 113
14. JORGE 119
15. AEROSSÓIS, CADARÇOS DE TÊNIS
 E LACRES DE REFRIGERANTE 123
16. O DIA EM QUE APAGARAM A LUZ 127
17. UIVOS E LUZ ESTROBOSCÓPICA 139
18. REPITA O REFRÃO ATÉ O FIM 143
19. ADESIVOS 151

Tem início como uma cor que se apaga ou acende. Não tenho certeza. Quase sempre é uma espécie de fumaça branca que rodeia as pessoas enquanto elas conversam à minha volta. Também pode ser uma massa preta, e essa cor é mais definida quando envolve tudo. O branco pode me assustar mais, porque o relaciono a um ataque convulsivo ou epiléptico, embora nunca tenha tido nem um nem outro. Sempre que me levanto, penso que, naquele dia, pode acontecer pela primeira vez. Logo depois de perceber a cor, começa o tremor nas mãos e nas pernas. O formigamento é um fato. Formigas invisíveis e em linha reta vão demarcando o caminho sobre os pelos do meu braço. Há uma eletricidade muito ineficaz girando em torno de mim. Essa energia não faz as coisas funcionarem, eu não sou uma lâmpada que acende, sou mais como algo que se enche, como um balão sem ar. Vou perdendo massa corporal, vou deixando que o espaço exterior me conquiste. A última vez foi num ônibus da linha vermelha, eu estava indo para o trabalho. Comecei a pensar nos pontos de apoio. Se eu descesse agora, para onde iria, com quem falaria, qual seria a primeira frase do diálogo, quem chamaria um táxi para mim antes que eu desmaiasse? Caso o apagão viesse, quem poria as mãos no meu nariz enquanto eu estivesse conversando com algum fantasma daqui desse cosmos? Então penso tanto, mas penso tanto, que sou tomada por um poder: vou atomizar tudo o que esteja ao meu redor. Os bancos de courino, as mulheres e os homens sonolentos esperando o ponto de parada, um motorista cantarolando as músicas do rádio, edifícios altos e caros, varandas vazias e varandas cheias de vasos com crianças que ficam espiando ou se molhando em bacias, mães e pais cuidando para que esses filhos não caiam de cabeça por entre as grades daquelas varandas, portas de hipermercados que mostram várias prateleiras vazias, compradores compulsivos e outros, aqueles que economizam e vão três vezes ao dia ao mesmo lugar pois acreditam que assim estão gastando menos. Até consigo fazer desaparecer o som das buzinas daqueles carros reluzentes que passam pela pista oposta, com crianças sentadas bem eretas nos bancos de trás, com suas mochilas prontas, esperando o horário exato para entrar nas escolas públicas ou privadas que frequentam. Mesmo nesse silêncio que consigo fazer dentro da minha cabeça, ainda posso focar nas miniaturas que andam ou viajam, dou um zoom no futuro. Sinto-me profundamente conectada àquele momento da vida delas porque posso me ver ali, ainda ali, sendo levada pela mão ou carregada em direção ao futuro sem dizer uma palavra. Deixando que os adultos me conduzam porque sabem o que estão fazendo. Tento respirar fundo, mas é inútil, já estou hiperventilando. Embaço o vidro que me permite ver, marco a janela desse ônibus da linha vermelha. Será que é agora que vou precisar descer e armar todo o circo do desmaio em plena rua, nesse bairro distante que mal conheço? Será que mais uma vez terei de dizer a uma desconhecida que não sou um perigo, e sim apenas uma pessoa que está passando mal por causa do medo excessivo? Terei de dizer a ela que a sensação é de cair de um precipício, mesmo que eu nunca tenha subido tão alto a ponto de saber como é essa metáfora, e que podem confiar em mim?

Faz mais de cinco anos que, quando saio de casa, tenho a sensação de que sou um ponto perdido no meio do nada; então preciso fazer um esforço insano para me reconstituir com imagens que me devolvam um presente ideal, ou, pelo menos, sem preocupações. Aqui estou eu outra vez, olá, flamejando como uma bandeira de colégio abandonado. Aqui estou eu, aquela que aos quinze anos cortou pela raiz o relaxamento e a diversão em troca da segurança de que nada de ruim acontecesse comigo. A quietude significa menos perigos, a não ser que haja um terremoto ou um abalo sísmico. Cerro os punhos para controlar a força que tenho, verifico se me resta tempo antes que o coração me faça desaparecer. Eis-me aqui, sim, pensando que estou no meio de um deserto de areia cinzenta que é na verdade uma cidade cheia de gente ansiosa e falante. Branca como um fantasma pálido no quarto assento daqueles que viajam sozinhos. Tão limpa essa linha de ônibus, tão prudente o motorista nas freadas, o sol da manhã é como um *jingle* nos jardins da frente das casas da zona norte. Sentada num dos assentos que viajam ao contrário, outra vez presto atenção no futuro. Felizmente sempre haverá algo para olhar: uma mãe com uma bolsa, mostrando para o filho de menos de sete anos o Atlas do Universo.

Desculpem as chamadas noturnas, o medo perpétuo: é que aos doze, treze, catorze anos éramos uma geração que começou a parar de crescer.

Baixo a vista e cravo os olhos nos tênis de uma menina que viaja de pé e minha respiração reaparece. Seco as mãos com o suéter de lã. Abro um pouquinho a janela e deixo que o vento faça o que costuma fazer. Enquanto eu estava em outro lugar, o ônibus foi se esvaziando. Estou atrasada para o trabalho e acelero o passo. Um grupo de turistas tira fotos de uma laranjeira que está de pé desde a época da Revolução.

    O homem não deve ter mais de quarenta anos. Puxa um carrinho de mão cheio de caixas. Deve ser repositor de alguma loja. Talvez carregue produtos com a data de vencimento impressa na embalagem. É de manhã cedo e se nota que acabou de acordar. Está despenteado, e eu também. O sol é uma caricatura a essa hora do dia. Estamos em dezembro de 2018 e se completam catorze anos da tragédia da discoteca Cromañón. A partir das cinco da tarde, haverá uma missa no Obelisco, epicentro da Cidade de Buenos Aires. Irão até lá aqueles que querem cantar, chorar ou se abraçar. Muitos outros não irão ou se reunirão na casa de alguém, acenderão velas, voltarão a se encontrar com velhos amigos. E há também aqueles que, com o peito fechado, não pronunciarão uma palavra. O sujeito me olha fixo e eu olho para ele. Ele veste uma camiseta da banda Callejeros. Percebe que fico olhando para o nome. Quando estou prestes a atravessar a rua, viro para trás. Vejo que ele continua me olhando. Eu não o conheço. Levanto a mão e o cumprimento. Ele faz o mesmo.

1.
CAVALOS SEM CORAÇÃO

Uma sala branca com luzes tubulares que não param de piscar porque a elas se aderem insetos num voo desgovernado. É uma sexta-feira, por volta das onze da noite. Há aventais brancos e verdes, em alguns momentos se vislumbra um jaleco azul. Não são apenas especialistas de plantão, há muitos mais. Vieram de bairros afastados porque precisavam estar aqui. Alguns já estavam quase dormindo e receberam chamadas de emergência que os fizeram sair da cama.

Lá fora, no pátio descoberto, um vira-lata ladra como se sua garganta fosse explodir. Pode-se ouvir seu lamento, enquanto se recosta ao lado de uma tigela de arroz frio que alguém deixou para ele. Não é cachorro de ninguém. O pátio coberto e o descoberto do hospital Ramos Mejía estão cheios de gente que provavelmente não está respirando. Muitos usam camisetas com estampas de bandas de rock. Algumas delas são frases que mencionam o amor e a sobrevivência: "*Inoxidable pasión, Luchando sin atajos los invisibles, Vivir solo cuesta vida, Todo pasa*".[1]

---

[1] "Inoxidável paixão, Os invisíveis que lutam sem trégua, Viver só custa a vida, Tudo passa", em tradução livre. Trata-se de trechos de músicas tocadas pela banda Callejeros. [Todas as notas são da tradutora.]

As camisas estão molhadas e recobertas com uma pasta preta semelhante à cera de engraxar sapatos. Cheiram a plástico, a polietileno ou ferragens.

Os estetoscópios ondulam no pescoço dos socorristas como se houvesse vento, mas não há: eles se agitam como colares de alto quilate, enquanto aqueles que os usam correm de uma ponta à outra, divididos entre o frenesi e a transpiração. Os socorristas descarregam jovens que parecem enlameados, brilhando como um velocista que correu sua primeira maratona e ficou desidratado. Corpos jovens não deveriam lotar os hospitais, mas é isso o que está acontecendo nessa noite em que o calor chega aos 35 graus.

Os médicos põem máscaras de oxigênio e cânulas nasais no rosto de adolescentes de quinze anos, os enfermeiros tomam o pulso no pescoço e na garganta. Tudo parece se repetir, de novo e de novo: um campo de batalha de cavalos jovens que correram pouco, recostados no pasto à luz de uma lua empobrecida, de cidade.

Se alguém parar para escutar por um momento, se conseguir se afastar do som das ambulâncias, do vira-lata, do diálogo dos socorristas, dos canais de televisão; se realmente conseguir atingir esse nível de desprendimento sonoro, descobrirá que vários telefones celulares estão tocando. Primeiro um, depois outro, sem interrupção. Alguns *ringtones* se parecem entre si, ou talvez sejam o mesmo, as funções de todos esses modelos de celular não variam muito. Os Nokia 1600, os 1100 ou os Motorola C200 estão nos seus bolsos.

Ninguém atende essas ligações.

Em outro lugar, nessa mesma noite, uma quantidade enorme de familiares disca sem parar um código numérico para saber se seu filho, filha, amigo, amiga, está bem. De vez em quando, um enfermeiro ou socorrista consegue atender uma chamada, mas é inútil. Não há nada a dizer. A equipe médica não consegue nem falar. O som crescente dos telefones é uma espécie de orquestra, uma banda musical, um grupo de rock.

2.
NOITES INTERMINÁVEIS

Na quinta-feira, 30 de dezembro de 2004, uma banda de rock de Villa Celina — localizada no distrito de La Matanza, na província de Buenos Aires — tocaria na discoteca República Cromañón. Apresentaria seu terceiro e último álbum, *Rocanroles sin destino*, composto de catorze músicas, entre elas "Distinto", a música de abertura do álbum e do show. A canção começava assim: "*A consumirme, a incendiarme, a reír sin preocuparme, hoy vine hasta acá*".[2]

A banda se chamava Callejeros.

A cronologia dos acontecimentos, segundo o jornal *Crónica*: "Às 21 horas, abriram-se as portas da República Cromañón, onde milhares de pessoas tinham pagado dez pesos para assistir ao show dos Callejeros. O público foi apalpado e revistado na porta para impedir a entrada de artigos de pirotecnia, já que, num episódio registrado uma semana antes, houvera um início de incêndio que forçou a evacuação do local, sem que se registrassem feridos.

[2] "Para me consumir, me incendiar, para rir sem me preocupar, hoje vim até aqui."

"Às 22h40, a banda começou o show. Omar Chabán, dono da casa noturna, tinha acabado de ir embora. Antes da entrada dos músicos, um produtor da discoteca pediu aos espectadores, pelos alto-falantes, que não acendessem fogos de artifício e avisou que não queriam um massacre como o do supermercado no Paraguai — mais conhecido como a tragédia de Ycuá Bolaños, um incêndio que causara a morte de mais de 430 pessoas alguns meses atrás. Patricio Fontanet, o vocalista da banda, pediu a mesma coisa e perguntou: Vocês vão se comportar?

"Durante a primeira música, sinalizadores e foguetes de três tiros foram acesos na plateia e atingiram um forro de lona muito fino e inflamável. As lonas em chamas começaram a cair do teto sobre as pessoas que, desesperadas, corriam em direção à porta. Os bombeiros chegaram momentos depois e abriram a porta de emergência, que estava trancada com cadeados ou correntes. Dezenas de corpos foram depositados no chão de um estacionamento vizinho, onde alguns familiares puderam entrar para reconhecê-los [...]."

A intenção dos Callejeros era tocar em sequência os três álbuns que tinham lançado, da primeira à última música. Na terça-feira, 28 de dezembro de 2004, foi a vez do primeiro álbum, *Sed*, e na quarta-feira, dia 29, foi a vez do álbum *Presión*. A música de encerramento na quinta-feira, dia 30, teria sido "Canciones y almas": "*Que me moría por tocar roncanrol, y ahora que puedo, algunos me están fusilando*".[3]

Na quarta-feira, dia 29, na noite anterior ao desastre, eu estive lá.

---

3 "Pois eu morria de vontade de tocar rock 'n' roll, e agora que posso, alguns estão me fuzilando."

Comprei o ingresso com minha amiga Martina na loja Locuras, no bairro Once, um mês antes do show. Eram dez pesos. Na Locuras vendiam camisetas de banda, calças jamaicanas, jaquetas jeans, broches com logotipo de bandas para afixar em mochilas de plástico pretas que traziam impressos os nomes das mesmas bandas; inclusive eram vendidas etiquetas bordadas com esses logotipos para serem costuradas nas costas das jaquetas ou no bolso de trás das calças. Havia narguilés e papel de seda para enrolar o cigarro. Lenços de todas as cores para o pescoço, que, mais do que proteção, eram um símbolo de pertencimento, como todo o resto. Camisetas de manga comprida, meias, cuecas, palhetas de guitarra, argolas e piercings. Merchandising para vestir uma tribo adolescente inteira.

Guardei o ingresso do show numa caixa rosa cheia de pulseiras de canutilhos e contas brilhantes, bijuterias artesanais da minha infância. Naquela manhã de quarta-feira, fui toda emocionada para a escola. Ouvia as histórias de todos aqueles que haviam estado na Cromañón na noite anterior e nem chegava a sentir inveja: em breve eu também seria testemunha daquilo. Faria minha própria descrição, o que meu olhar aguçado observasse ali. Cheguei ao meu apartamento depois do meio-dia e dormi por cerca de três horas. Quando acordei, assisti a um programa de perguntas e respostas no Canal 7, em que meninos e meninas de avental tinham de resolver questões simples. Por volta das sete da noite, levantei-me da cama e preparei um Nesquik para beber. Minha mãe chegava tarde às quartas-feiras. Trabalhava num call center longe da capital e quando entrava no apartamento não sentia nem vontade de falar. Só queria comer e dormir, naquela ordem e com aquela velocidade.

Comi um lanche e me vesti de acordo com a ocasião. Uma camiseta dos Callejeros relativamente sem uso e uma calça jeans nova, mas propositalmente rasgada por mim, numa tarde de rebeldia, com uma tesoura de fio cego.

Tinha completado quinze anos em setembro e, até então, só havia ido a dois shows na minha vida: o da banda Los Piojos no estádio do River, em 20 de dezembro de 2003, na companhia de Tamara, minha irmã mais velha, e o dos Callejeros no estádio Excursionistas, em Bajo Belgrano, em 18 de dezembro de 2004. Os Callejeros apresentavam seu terceiro álbum pela primeira vez naquele local ao ar livre. Mesmo que houvesse ar de sobra naquela ocasião, eu ainda ficara nos fundos, bem atrás da multidão, porque quando eu tinha quinze anos uma quantidade excessiva de pessoas já me deixava muito tensa.

Hoje procuro um áudio daquele show dos Callejeros no YouTube — é o único registro que resta — e posso ouvir a pirotecnia se infiltrando em todas as músicas, impedindo que se escute nitidamente a voz de Patricio Fontanet. Quinze anos depois, acho curioso que aquele som distorcido não nos incomodasse na época. Aquela pedra no sapato da paisagem musical. Aquele *boom, crash, kaboom*.

Minha mãe nunca me deixava ir à Cromañón. Para começar, ela dizia que não gostava do bairro. Também não gostava que eu entrasse num espaço fechado com meus quinze anos e minha cara de oito. Dizia que qualquer homem poderia vir e sussurrar algo no meu ouvido e me levar com ele; que qualquer coisa, qualquer coisa mesmo, podia acontecer comigo. Naquela época, a possibilidade de *qualquer coisa* era o próprio nada. Qualquer coisa, mas e daí? Era uma palavra muito vaga.

Eu estava convencida de que iria ver os Callejeros apresentarem *Presión*, meu disco favorito, o segundo show da trilogia heroica. Manuel, meu namorado na época, tinha ido a quase todos os shows da banda desde sua formação. Foi ele quem me fez mergulhar nas canções e me disse, em tom amistoso, que a gente precisava seguir as bandas desde o início para depois poder se gabar de *ter estado lá*. Como um companheiro de viagem perpétuo. Manuel ia aos três shows na Cromañón porque já tinha ido aos vinte anteriores. E então, como eu podia não ir?

Ir a shows de bandas, mesmo que eu não gostasse tanto do tumulto, também era uma reafirmação de pertencimento a uma época, um estilo de vida, uma escolha política. Escolher estar ao lado do jovem artista que nunca imaginou que lotaria um campo de futebol com um público de ouvidos todos atentos a ele. Essa era a imagem que condecorava o desejo. Escolher acompanhar. A música "Rocanroles sin destino", do álbum que leva o mesmo nome, dizia: "*Tantos mediocres sin clase que te arman el ranking de los elegidos del nunca jamás. Y ahí caés en la cuenta, de que lo que cuenta es lo que se siente en la calle. En la gente y no en los inventos, de estos incoherentes. Para no dejarte llegar*".[4]

Esse hino que falava da rua e das pessoas defendia com unhas e dentes a necessidade de escoltar o artista. Manuel, meus amigos, minhas amigas e eu também éramos aquela rua e aquelas pessoas. Havia alguém soltando a voz para o protesto social de uma maneira que nos representava. E o que nos restava? Estar presentes, levantando as bandeiras.

Mas ali, sentada em sua poltrona da nossa sala de estar em Palermo, minha mãe ainda hesitava em me deixar ir. Dizia que ainda estava pensando. O que é a Cromañón?, ela perguntava às minhas irmãs mais velhas, e elas a acalmavam. Vinham de

---

4 "Tantos medíocres sem classe que fazem o ranking dos escolhidos de nunca mais. E aí você percebe que o que conta é o que você sente na rua. São as pessoas, e não as invenções desses incoerentes. Que não te deixam aproveitar."

uma adolescência cheia de shows na Cemento e na Arpegios, galpões minúsculos em bairros da zona sul onde os músicos tocavam, porões abarrotados de fãs, sem um único buraquinho por onde o ar passasse.

Enquanto minha mãe analisava meu pedido, eu punha os discos da banda e cantava as músicas bem alto, para gerar um modo alternativo de confronto. Morávamos num apartamento de dois quartos, então ouvir a música dos Callejeros não era algo de que ela pudesse escapar. Fiz com que ela conhecesse as letras das músicas tanto quanto eu. Eu me atirava ao chão e lhe pedia por favor, implorava de joelhos, chorava, dizia que jamais a perdoaria por não me deixar viver a experiência daquele show intimista.

Numa noite em que comíamos macarrão com queijo no balcão da cozinha, minha mãe me deu seu veredicto.

— Ok, Camila, tudo bem, tudo bem.

Depois de tanta exibição ou representação da tristeza, ela cedeu. A condição era que eu devia ir acompanhada por um adulto. As letras das músicas a tranquilizavam. Ela telefonou para Mónica, mãe da minha amiga Martina, e as duas combinaram que Ramiro, seu irmão mais velho, viria conosco.

Ramiro nunca tinha ido a um show dos Callejeros, mas achava legal a ideia de vê-los pela primeira vez. Ele gostava do som que eles faziam, não tanto quanto Martina e eu, mas aos dezoito anos qualquer coisa banal poderia se transformar numa noite de aventuras. Ele ia muito ao estádio para ver o Boca Juniors jogar, e aquele ambiente frenético o entusiasmava. Ele não entendia a essência do público fiel ao rock 'n' roll, mas entendia os que eram fiéis ao esporte. Quando minha mãe terminou de conversar com Mónica, ela me passou o telefone para que eu falasse com minha amiga. Gritamos em uníssono pelos furinhos do bocal do aparelho da Telecom. Ramiro compraria o ingresso na loja Locuras do Once. Ele tinha pesquisado e ainda havia ingressos à venda.

— Com que música você acha que eles vão abrir?
— "Otro viento mejor."
— Será que vão tocar o álbum na ordem?
— Tenho certeza de que eles vão tocar as músicas da demo também, viu. Não sei se eles vão respeitar a ordem dos discos.
— Puta merda, espero que eles toquem "Ancho de espadas".
— "*Esa sonrisa, su salvación, su ancho de espadas y mi perdición.*"[5] Você sabia que o Pato escreveu essa música com dezoito anos?
— Nossa!

Seria um dos primeiros acontecimentos importantes do meu mundo adulto: um show intimista e exclusivo para os *verdadeiros* fãs da banda.

Na noite de 29 de dezembro de 2004, fazia mais de trinta graus. O verão de dezembro em Buenos Aires pode ser de temperaturas cruéis. Martina, eu, Ramiro e Ana, a namorada dele, pegamos um ônibus.

República Cromañón, finalmente! Eu tinha ouvido muitas coisas sobre você, e ei-la aqui. Você é uma porta minúscula no meio de uma fábrica gigantesca e pesada. Você tem o nome de uma caverna francesa onde foram encontrados fósseis que deram início ao Paleolítico superior. Você é o fim da glaciação, o começo de uma Era. Você é um edifício comum e eu te idealizei.

Sinto cheiro de *choripán* e hambúrguer, de maconha, de cigarro eletrônico, de cerveja quente derramada na calçada, ao lado do cordão de entrada, de xixi morno de alguém que não

---

[5] "Aquele sorriso, a sua salvação, seu ás de espadas e a minha perdição."

se segurou, de plástico amassado, de cabelo sem lavar, de saliva, de dreadlocks feitos um verão antes.

Quando chegamos, tivemos de ficar fazendo hora porque era cedo demais. Havia muitos meninos e meninas chegando, todos com a mesma franja e os tênis de lona como uniforme. Havia também muitas faixas com frases da banda que mostravam as áreas de onde os fãs vinham: Córdoba, Santa Fe, Corrientes, Salta e muitos outros lugares, tanto dos subúrbios de Buenos Aires quanto do resto do país. A gente até se sentia inferior tendo pegado apenas o ônibus 29 para chegar até lá, quando outros tinham viajado horas e horas em ônibus rodoviários e levavam apenas uma muda de roupa embolada na mochila naquele calor de trinta graus. Muitos faziam grupinhos na calçada e matavam o tempo, alguns levavam o violão e tocavam músicas dos Callejeros, preparando a garganta para mais tarde. Havia também meninas com carrinhos de bebê, ou crianças de três, quatro, cinco anos que andavam de mãos dadas com seus pais. Algumas com camiseta infantil de bandas ou clubes de futebol. Encontrei amigos do meu colégio, o Normal nº 1 Roque Sáenz Peña, uma escola estadual no bairro de Balvanera. Amigos que sempre iam ver os Callejeros, amigos que estavam felizes em me ver lá, pronta para me juntar ao clã noturno da dança e da música. Ramiro e sua namorada nos ofereceram cerveja. Tomamos apenas uns goles. Logo depois nos encontramos com Yanina, uma amiga do León XIII, um colégio particular e católico de Palermo.

Já estava quase na hora e decidimos formar a fila para entrar. Uma policial me revistou. Ela apalpou todo o meu corpo e me fez tirar os sapatos. "Pode entrar, *fofa*", disse ela.

Entramos. Podíamos respirar o ar que todos expiravam. Se estava trinta graus lá fora, dentro da discoteca devia fazer uns quarenta. Todos os rostos que eu me lembrava de ver na rua estavam agora sufocados. No lado esquerdo, havia um pequeno bar que vendia cerveja e fernet. Meninos e meninas recarregavam as energias com aqueles copos gigantes de plástico de um litro. E lá fora continuavam quietos a praça Miserere, o terminal de trens do Once, a multidão voltando para casa depois de um dia de trabalho.

Martina, Yanina e eu nos afastamos de Ramiro e Ana — os mais velhos — e fomos dar uma volta pelo espaço. Estávamos naquele estágio intermediário entre a infância e a juventude. Nem uma coisa nem outra. Procurei meu Nokia 1100 e notei que estava desligado. Então o liguei para que minha mãe não ficasse morta de preocupação se tentasse entrar em contato comigo. Os celulares da época tinham uma animação que mostrava duas mãos entrelaçadas, como uma relação frívola entre o profissional e o familiar, toda vez que eram ligados ou desligados.

Não havia novas mensagens.

Subi para o primeiro andar, porque ficar ali no andar de baixo me deixava assustada. Frágil como uma corça jovem, mas num lugar alto, longe dos pulos e batidas, tentando ver os detalhes do rosto e do corpo de Pato, Maxi, Elio, Dios — os integrantes da banda, que ainda deviam estar fumando nos camarins.

A porta de saída estava muito longe, e lá em cima se respirava um pouco melhor; ou simplesmente a possibilidade de estar um pouco acima do agito dava a sensação de alívio. Martina e Yanina ficaram comigo. Fizemos silêncio e esperamos. Procurei Manuel com os olhos. Não lembro se o encontrei. Uma criança de cerca de quatro anos dançava com a mãe, as duas com franja, tênis de lona azul-claros e a mesma camiseta dos Callejeros que estampava "Inoxidable pasión" nas costas.

Já eram perto das dez da noite, o show começaria em breve. Parece que ainda estou lá, embora não me lembre de quase nada. Não tenho imagens concretas de mim durante as duas horas que o show deve ter durado. Só isto, que eu repeti por anos como um refrão de música: eu estava na Cromañón e fiquei o show inteiro no andar de cima porque o de baixo me dava medo. Na noite seguinte, muitos dos que estavam no andar de cima não sobreviveram.

Eu estava lá: no andar de cima, no andar de cima, no andar de cima.

Ainda hoje penso em todos eles, amigos de shows, da cerveja, do calor, da pressão baixa e do violão na rua.

Penso neles e os escrevo.

Os acontecimentos da noite negra de quinta-feira, 30 de dezembro, todos nós mais ou menos conhecemos. A capacidade do local estava excedida num número ultrajante. As saídas de emergência estavam trancadas com cadeados e correntes para evitar que fãs sem ingresso entrassem, como acontece nos jogos de futebol. A essa altura, o acesso ao show da banda do momento se parecia muito com uma partida de fim de campeonato. Uma grande quantidade de sinalizadores, fogos de artifício de três tiros, petardos, velas de trinta tiros era acesa ao mesmo tempo para iluminar o rosto dos músicos enquanto eles mostravam o que sabiam fazer. Aquilo que vinha enlouquecendo de alegria a metade dos jovens do país podia ser uma bomba prestes a explodir.

A boate tinha dois andares e duas escadas largas em formato de caracol que delimitavam a circunferência do espaço. No teto havia um toldo — plástico puro —, daqueles que são vistos nos estacionamentos para evitar que o calor atinja os carros, ou no terraço das casas para atenuar o sol do meio-dia. Nesse caso, o toldo servia para a acústica. Uma faísca de fogo disparada de um sinalizador que alguém estava segurando com toda a alegria atingiu esse toldo. A combustão que gerou, juntamente com a espuma de poliuretano do teto, liberou ácido cianídrico, uma fumaça venenosa cinza-chumbo, densa como uma bigorna, capaz de matar qualquer ser humano em menos de trinta minutos.

Alguns chamaram o que aconteceu de "catástrofe" (ou seja, um evento infeliz), outros de "massacre" (infortúnio evitável, matança de indefesos), e outros de "desgraça" (uma situação que produz grande dor). Os sinônimos sombrios se multiplicam com o passar dos anos.

Depois da Cromañón, acho que tenho uma relação estranha com o fogo. Acato qualquer ordem que o proíba. Não me aproximo de espaços inflamáveis como postos de gasolina e não uso jaqueta de náilon quando um grupo de amigos me convida para um churrasco. Uma mínima faísca de fogo poderia acabar atingindo meu capuz e, num instante, meu pescoço começaria a derreter todas as camadas da minha pele. Olho atentamente para as tampas de incêndio na calçada das ruas. Jamais vi um bombeiro desenrolar uma das mangueiras que são guardadas lá embaixo. Aquela tampa que ninguém vê poderia salvar um prédio ou uma pessoa em chamas? Também não concordo com aqueles que acendem cigarro com fósforo; apesar de pequeno, aquele retalho azul, amarelo e laranja poderia se tornar algo feroz se entrasse em contato com um pedaço de cílio. No circo, o fogo é um elemento de entretenimento que nos leva ao riso. Um homem que mal praticou vai, acende um pau de madeira e, com um gole de álcool, o enfia na boca. Qual é o índice de acidentes? Como é que seu fluido bucal não faz com que tudo se incendeie num milésimo de segundo? No circo, o homem magro de cabelos oleosos e um tanto compridos é transformado num dragão da modernidade. Não gosto disso. Estou sempre atenta ao instante em que a acrobacia com fogo pode se transformar em tragédia.

Há também a questão dos espaços fechados.

Faz mais de dez anos que não sei o que se passa nos trilhos subterrâneos que abrigam mais de dez linhas de transporte, aqui ou em qualquer outra cidade do mundo onde eu tenha posto os pés. E se o metrô ficar parado por mais de dez minutos ali embaixo? E se parássemos de ouvir, ou aqueles que o administram parassem de falar conosco? E se parássemos de saber? Se começássemos a sentir muito calor e falta de ar? E os pulmões? E se a energia de repente fosse cortada? Nem pensar em tomar o trem no verão, com altas temperaturas. Ou aquelas histórias que circulam, sempre em almoços, jantares ou lanches, de alguém a quem contaram que, com o metrô parado, começou a sentir cheiro de queimado e dez minutos se passaram até que as autoridades ordenassem que os passageiros abandonassem o veículo em pleno túnel.

A eficácia do transporte rápido não faz parte do meu dia a dia. Prefiro chegar tarde em todos os lugares a entrar num tubo em movimento e fechado debaixo da terra, onde não consigo ver o rosto do motorista para me tranquilizar. É aquela fantasia enganosa, a de querer estar no controle. Se eu listar os medos que vão se transformando em certeza, em sua origem há sempre o confinamento e o fogo.

Não há um milésimo de algum evento irregular em que eu não conceba imediatamente a tragédia. O acidente faz parte de cada ação e até mesmo de cada estado de repouso. Isso não é um pensamento genuíno. Acho que essa ideia de tragédia permanente pode ter sido adquirida. Desde aquela noite, muitos amigos têm pensamentos que estão relacionados à noção de fim. De interrupção. Nós nos apropriamos dessas ideias. Elas vão conosco para todos os lados como satélites estéreis. Tínhamos catorze, quinze, dezesseis anos e tivemos de viver tudo aquilo sem entender por completo.

3.
REUNIÕES NO FOTOLOG

Recebo um arquivo com mais de oitenta fotografias que vão de 2004, o ano da Cromañón, a 2006. Naquela época, algumas câmeras digitais deixavam os números impressos na imagem, daí a certeza. Minha conta no Fotolog se chamava "Cami Gardelita". As de amigos e amigas tinham nomes semelhantes: Jose Piojosa 87, Lau Agitando rocanroles irresistibles, Lamuchy87, Belenciita pordiosera verano del 92.

Todos usávamos a mesma fórmula: o nome próprio acompanhado de um adjetivo formado a partir do nome de uma banda de rock. O Fotolog foi a primeira rede a permitir a circulação em massa de fotografias de amigos que saíam da escola ou de férias, com colagens e refrões de músicas ou poemas em comum que chegavam a nossas mãos da biblioteca da família ou talvez apenas por um gosto literário adquirido desde tenra idade. Frases como: "Eu toco sua boca, com um dedo eu toco a borda da sua boca", de Julio Cortázar, ou "A canção desesperada": "Ah, além de tudo, ah, além de tudo. É hora de partir, ó abandonado!", de Pablo Neruda. Também compartilhávamos fotos daqueles artistas que chegavam até nós como obrigatórios: a famosa imagem em preto e branco de Cortázar sentado numa sala conversando com seu gato por uma janela, ou a de Salvador Dalí com uma estrela-do-mar no olho esquerdo. Os grandes, os populares, os óbvios também, mas no fim fundamentais.

Dizíamos uns aos outros: "Eu te amo", "Te vejo amanhã", "A gente se fala à noite". Éramos carinhosamente efusivos e compartilhávamos trechos de músicas como selos de fogo. Reconhecíamo-nos assim, como se tivéssemos o olfato de dez cães. Éramos tribo. O fato de nos olharmos nos olhos diariamente, mas também de nos vermos impressos na tela do PC, provocava em nós uma ansiedade inédita. Queríamos ficar cada vez mais próximos uns dos outros, queríamos nos tornar uma cascavel. O Fotolog era a mãe do que hoje são o Facebook, o Instagram, o Twitter. Foi criado em 2002, junto com o Flickr, o Orkut e tantas outras redes que jamais usamos.

Depois da Cromañón

MARÇO DE 2006
Laura, Josefina, Yanina e eu estamos recostadas numa cama coberta por uma colcha laranja de boa qualidade, provavelmente da Arredo ou de outra marca de primeira linha. A mãe de Yanina é bem de vida, ao contrário das outras, e nossa amiga frequenta uma escola particular. O resto de nós depende do Estado. A parede também é pintada de laranja, porque eles são donos do imóvel e podem fazer e desfazer o que quiserem sem pensar em consequências imediatas ou futuras. Quase tudo é laranja nesse espaço de Yanina. O chão brilha por causa de uma generosa limpeza feita por uma empregada que vem todo dia, e que também assa biscoitos para quando as amigas vêm passar a noite. A verdade é que a gente vem muito à casa de Yanina porque é espaçosa e a mãe dela nunca entra no quarto,

e se ela entra, bate antes, e se ela bate e entra, sorri, e se ela sorri, faz uma piada a respeito da nossa aparência falsamente descuidada, mas na verdade ensaiada por longos minutos em frente a um espelho ou alguma vitrine de shopping. A parede do quarto de Yanina, além de laranja, está cheia de pôsteres, recortes de jornais, ingressos de shows, desenhos, adesivos e um grafite feito por ela mesma que diz "Callejeros" em letras pretas com acabamento dourado. Era preciso ter algum talento para conseguir fazer o traço fino do logotipo da banda, mas Yanina conseguia ser uma das melhores. O maior pôster, aquele que ainda cala fundo porque também estava na minha parede e na parede do meu namorado Manuel, é o dos Callejeros em preto e branco anunciando a data de 30 e 31 de junho de 2004 no estádio Obras Sanitarias, em Buenos Aires. Os cinco membros da banda olham para a frente, jovens e confiantes em seja lá o que for que o futuro lhes reserva, usando jeans e agasalho Adidas, ou blusa de lã, com sorrisos ou seriedades impostadas, de músico profissional ou de jogador de futebol em ascensão. Eles fazem uma fila e têm o peito estufado, sobre um fundo da natureza que não se sabe bem se é desenhado ou real, se eles realmente foram às margens de um riacho para posar. Há pedras também, e musgo, e árvores que ameaçam brotar.

Todos nós tínhamos aquele cartaz. Nós o arrancamos da rua e o pregamos na parede do nosso quarto, sem nos importar com seu tamanho descomunal. Na minha casa quase não havia espaço, mas eu o preguei da mesma forma, em cima do monitor do PC do ano 1998, naquela parede em que mal batia luz, mas o que importava? Eu queria ter todos eles na minha casa também, por que não?

E não havia nada que Yanina não colasse naquela parede laranja. Quase não sobrava espaço livre entre frases e recortes.

A informação podia ser caótica, claustrofóbica: Viver sozinho custa a vida, La 25 no estádio Obras Sanitarias, Entrevista com o cantor Pity Álvarez na sala de estar de sua casa, intitulada "O autêntico decadente", mais de vinte ingressos de shows das bandas Los Piojos, La Vela Puerca, Callejeros, El Bordo, La 25, Intoxicados, Los Gardelitos, desenhos de Yanina, desenhos de Yanina, desenhos de Yanina. E nós quatro ali, enroladas na colcha de cores cítricas, abraçando um ursinho de pelúcia marrom gigante — porque isso também havia —, sorrindo para o futuro sem pensar muito. Aos dezesseis anos, o relaxamento facial vem do fato de não termos preocupações.

SETEMBRO DE 2005
O banheiro da discoteca El Teatro, na avenida Álvarez Thomas com a Federico Lacroze, no bairro de Colegiales. Josefina e eu olhamos para a câmera e estamos idênticas. Fizemos uma trança do lado esquerdo, estamos com suéteres vermelhos e verdes, e enrolamos mais de dez colares no pescoço. A franja é grossa e o cabelo, abaixo dos ombros. Usamos leggings bem justas no corpo, como tatuadas, e bolsas hippies das nossas irmãs mais velhas. Ainda é cedo, mas a discoteca já está cheia. A banda El Bordo apresenta seu segundo álbum: *Un grito en el viento*. Vamos ao banheiro para nos olhar no espelho, para verificar se os penteados estão no lugar. Durante esse show ficamos bem lá atrás, por precaução, para o caso de acontecer alguma coisa. Atear fogo em algo num lugar fechado é cometer um crime. Aqui e ali se acende um cigarro. A legenda da foto no Fotolog de Josefina — "Bom, são três da tarde e acabei de acordar. O que posso dizer? Passei uma noite incrível, loko. Amigos, cerveja, pizza Hugis e rock. Nos vemos às cinco na Aguas. Não cheguem tarde, senão vou ficar chateada" — con-

firma que aquela noite foi maravilhosa, que dançamos e nada mais importava. Mas isso é uma grande mentira, porque em setembro de 2005 se sentir leve num espaço fechado não era uma possibilidade.

JULHO DE 2005
Somos vários na foto. Estamos sentados no chão, ao lado do bar da discoteca Marquee, em Villa Crespo. Mais uma vez é El Bordo que toca, pode-se ver que é a banda do momento. Chiquito ocupa metade da foto. Nós o chamamos assim porque é muito alto, e usa um único colar de rolinga.[6] Ele também estava na Cromañón, mas saiu andando tranquilamente, certo de que, assim que apagassem o fogo, a banda voltaria a tocar. Ao lado dele está Juana, vestindo uma camiseta vermelha com a estampa dos Callejeros feita por suas próprias mãos e calças listradas em cores jamaicanas. Juana é fiel ao traje da tribo, ela também tem um lenço de fios prateados e usa uma franja recém-cortada. Atrás dela, entre abraçados e bêbados, Nicolás, Yanina, Laura e David. Ninguém concorda que o momento seja registrado, mas dá no mesmo. Todos à sua maneira, entre o hippismo de duendes estampados e a náusea pairando na cabeça. Fui eu que tirei a foto. Naquele show, mal consegui me dirigir ao espaço onde o palco estava localizado. Fiquei sozinha no bar, ouvindo de longe. De vez em quando

---

6 O rock *rolinga*, também conhecido por *rock stone* ou apenas *rocanrol* (como os argentinos denominam o "rock and roll"), é um subgênero do rock baseado no estilo (musical e visual) da banda Rolling Stones, que deu origem a uma tribo urbana de fãs desta e de outras bandas de rock nacionais. Os termos *rolingas*, *stones*, *stonachos* ou *chabones* são geralmente usados para designar os integrantes da tribo.

vinha Chiquito ou David, cansados de cantar, com a garganta seca, mas com muita vontade de fumar. Na legenda da foto que aparece no Fotolog, juramos novamente que foi uma noite inesquecível. Rindo, lembramo-nos da história de que, no final do show, Manuel quase foi atropelado por um carro que corria desabalado pela avenida Scalabrini Ortiz. Tanta cerveja, tanto baseado, tanto cigarro, tanta vontade de perder a consciência.

ABRIL DE 2005
Vinho Uvita, *clericot*. Uma coleção de vinhos em caixinha ainda mais doces para quem não gostava muito de bebidas alcoólicas, para os paladares infantis que queriam brincar de embriaguez por um tempo na rua ou na casa de Mauri, onde nos reuníamos todos os fins de semana. A foto é tirada de baixo, provavelmente com uma câmera que alguém segurava encostado na cama. Josefina parece ter doze anos, apesar de ser mais velha. Naquela noite, ela vestia a camiseta da Los Gardelitos comprada na praça Francia, escrita à mão em letras brancas sobre viscose preta. Nacho usa uma camiseta da El Bordo e um topete no cabelo. Nacho sabe que é atraente, abraça de verdade e esse gesto perpetua o desejo que muitas têm de beijá-lo. É Laura quem segura a caixinha verde do vinho Uvita.

Naquela noite, acabamos conversando sobre o olhar enviesado do nosso presidente na época. Começávamos a pensar em política, coisa que nunca havíamos feito antes, com simpatia ou curiosidade. Nunca víamos o nascer do sol na rua para não preocupar nossas mães ou pais, mas ficávamos acordados até tarde conversando e bebendo nos bancos de uma praça, ou no barril redondo parecido com um touro mecânico, que necessita de muito equilíbrio de quem o monta para não cair na areia suja da praça perto da Faculdade de Medicina.

MARÇO DE 2005

Estamos no corredor da linha D do metrô, estação Bulnes. Às nossas costas, o mural *El toro Zupay* do artista argentino Alfredo Guido: aquele que exibe um touro preto em atitude desafiadora, como representante de Satã.

Laura, Josefina e eu vamos à Plaza de Mayo. É a marcha mensal pela Cromañón. O abraço é tão forte que, se demorasse muito, começaríamos a ficar sem fôlego. Estamos todas dependuradas no pescoço umas das outras. Levamos garrafas de água e cigarros. A umidade fez nosso cabelo cachear, e um relógio às nossas costas assegura que são mais de cinco da tarde. Um casal se abraça e se beija atrás de nós, poderiam muito bem estar dançando tango. Posamos para a foto e instantaneamente desfazemos a pose. Naquele momento, eu ainda conseguia andar de metrô, embora quando estivesse entre as estações eu precisasse fazer contato visual com minhas amigas. Não estava claro o que era, mas algo começava a não estar no lugar. Era a espera. Era o silêncio. A caminhada de um vendedor ambulante entre os vagões podia ser um resguardo. Um pulso vital.

FEVEREIRO DE 2005

Mar del Plata. Estou com Yanina, Josefina e Sol, uma nova amiga. Ela não é rolinga, ouve Green Day, mas ainda simpatiza com letras como "*Por Alex Lora sentí que sentías, tuve en tus ojos mi nación*",[7] dos Callejeros. Estamos de agasalho, mas sentimos frio, sorrimos apesar do vento. É um dia cintilante, um daqueles liberados para se entrar no mar, todo o tempo que se quiser. O salva-vidas está sentado na sua torre olhando para os pés.

---

7 "Por Alex Lora eu senti que você sentia, tive nos seus olhos minha nação."

As meninas posam para a câmera da mãe de Yanina, que por sinal é bastante a favor de que se registre o momento. Atrás de nós, o de sempre: pessoas com camiseta enrolada na cabeça jogam tênis de praia, três cachorros se molham e se secam, mulheres tomam sol de costas, deixando que a bunda branca se transforme em algo como um letreiro luminoso.

Esse verão é estranho. Precisamos estar juntas o tempo todo, rodeadas. Ouvimos música e também prestamos atenção nos jornais e noticiários como nunca antes. Eu passo o verão na casa de Josefina porque ela me convidou, sou uma das suas melhores amigas. Na cozinha do apartamento de Mar del Plata há um relógio cuco de madeira que, quando dá a hora exata, libera um passarinho pintado à mão que se move. É uma das coisas mais memoráveis da casa.

Em uma dessas noites, a banda La Vela Puerca se apresenta numa discoteca em Mar del Plata. Josefina quer ir e eu não. Ainda não consigo me imaginar dentro de qualquer lugar. Eloísa, a mãe de Josefina, leva a filha até o local, de carro. Vou com elas, mas fico com Eloísa fazendo hora. Voltamos para o apartamento. Eloísa faz bife à milanesa e nós comemos enquanto assistimos a uma comédia romântica na tevê a cabo. Quando dá meia-noite, vamos buscar Josefina. "Que pena que você não veio. Eles tocaram 'Todo el karma'", ela me diz. Respondo que sinto muito, mas, na realidade, não me arrependo nada. Naquela noite, demoramos para dormir. Lembramos de "Manos", a primeira história do livro *Socorro*, de Elsa Bornemann, em que um grupo de amigos é deixado sozinho numa casa de campo e dorme de mãos dadas para não sentir medo. No dia seguinte, descobrem que esse contato era impossível, pois as camas ficavam muito distantes umas das outras, e que eles adormeceram na companhia de algo paranormal.

Josefina e eu gostamos dessa história. Adormecemos assim, relembrando, com uma quantidade de fantasmas fazendo pressão para emergir.

JANEIRO DE 2005
Há apenas uma foto, e está fora de foco. Estamos no terraço da casa de Mauri. É um amanhecer laranja-claro. Somos muitos e muitas. Bebemos quase todas e continuamos fumando. Mal conseguimos abrir os olhos. Alguns adormeceram, outros ainda podem posar para a foto. É difícil para nós irmos para casa. Essa bagunça silenciosa e perpétua nos faz bem. O tempo passa rápido e ninguém quer ficar sozinho. Alguns de nós olhamos para a câmera e o gesto de susto é evidente. Nossas pupilas se dilatam, tornam-se finitas, como acontece com os gatos quando são surpreendidos pelos faróis antineblina de um carro vagando pela rua.

Antes da Cromañón

DEZEMBRO DE 2004
Manuel e eu. Temos quinze anos. Estamos deitados num sofá de três lugares na casa de Ana, uma amiga que temos em comum mas é de outro colégio, e olhamos para a câmera com os olhos avermelhados pelo flash. Somos namorados, nos amamos, dizemos isso o tempo todo. Ao vivo, em cartas escritas à mão, nas redes sociais muito recentes. Somos o casal mais duradouro dos nossos anos de colégio na escola estadual. Vamos juntos a todos os shows que podemos. Vamos juntos para todo lado. Dos treze aos dezesseis. Atravessaremos a tragédia Cromañón juntos. Depois, não nos veremos nunca mais.

4.
NOTÍCIAS POR TELEFONE

Você está me ouvindo? Ok. Vou te contar conforme for me lembrando. Vamos lá. Eu tinha 28 anos. Acabara de me mudar com Fernando para um apartamento em Balvanera que tínhamos comprado com muito esforço. Era um espaço muito grande e antigo que precisava de várias reformas. Em 2004 vivíamos como num acampamento, lembra? Você vinha muito à minha casa naquela época. Até já passou a noite na sala de estar, no meio do desastre. Tínhamos trocado o piso e derrubado algumas paredes. Há algo em toda mudança que tem a ver com habitar uma nova casa e escutar os sons do bairro, acostumar-se com isso.

Era de noite e estava muito quente. Fomos tomar um sorvete porque os ventiladores que tínhamos não refrescavam nada. Pedimos duas bolas de sorvete para cada um e nos sentamos para tomá-lo num banco na esquina. A certa altura, começamos a ouvir muitas sirenes. De carros, de ambulâncias. Sirenes muito altas. No começo não prestei atenção, achei que talvez fosse algo normal na área, mas o barulho foi se intensificando e chamou nossa atenção. Decidimos nos aproximar e ver por que não paravam. A avenida Belgrano estava interditada e apenas ambulâncias e carros da polícia eram autorizados a passar.

Perguntei o que estava acontecendo e uma menina de bicicleta me disse que os Callejeros estavam tocando na Cromañón e que a discoteca tinha pegado fogo. Estavam levando muita gente para o hospital num estado de extrema urgência. Eu disse: "Minha irmã está lá", mas ela não me ouviu.

Continuo?

Estavam sendo levados para o hospital Ramos Mejía, que ficava na esquina da minha casa nova. Naquele momento me lembrei de você, Cami, que ia ver os Callejeros. E o amor pela música, em especial pelo rock nacional, era algo que compartilhávamos muito. Corremos de volta para casa. Liguei a televisão para ver o que estava acontecendo e em alguns telejornais eles já anunciavam uma tragédia. Telefonei para sua casa, naquela época você ainda morava com a mamãe. Eu estava paralisada, mal conseguia digitar os números no teclado. Você me atendeu e meu coração se acalmou. Com muito cuidado, te perguntei se sabia o que estava acontecendo e você disse que não. Então eu te disse, da melhor forma que pude, o que eu sabia. Eu disse: incêndio, local, Once, Callejeros. Você ficou muito nervosa, disse que seu namorado estava lá. Ligou a tevê e começou a chorar. Você desligou, lembra? Eu me senti culpada porque queria ajudar, mas acabei te fazendo sofrer. Quando liguei de novo, a mamãe me disse que você estava muito mal, que não queria falar, que dava voltas pelo apartamento perguntando coisas. Liguei mais três vezes. Estivemos em contato até muito tarde, até que você soube que seu namorado tinha voltado correndo para casa e estava bem. Ele tinha percebido que algo estava errado e conseguira sair. Isso, apenas isso, foi um grande alívio.

Me desculpe.

Acho difícil falar sobre isso.

No dia seguinte era Ano-Novo. Fernando e eu comemoramos em Quilmes na casa de uns amigos. Havia muita tristeza e silêncio. Acho que foi o primeiro Ano-Novo em que não escutei os fogos de artifício, mesmo que estivessem lá. Conversamos sobre você e seu namorado que tinha ido à Cromañón.

Lembro-me de você muito triste.

Foi quando os pesadelos começaram e depois a insônia, ou talvez tenha sido o contrário. Não me lembro. Minhas lembranças não são muito claras.

Isso que estou te contando serve para alguma coisa?

5.
YANINA

O incenso

Nina não gosta de ser chamada de Yanina, mesmo que esse seja o nome dela. Quando ela abre a porta da sua casa em Almagro, dois poodles brancos cheios de cachinhos opacos saltam em volta dela e latem. Yanina é escultural e tem 28 anos. Seu cabelo está preso com um elástico enorme e brilha como se ela não tivesse feito muito esforço, com aquela saúde que é própria da pessoa. Ela está com roupas de ficar em casa, mas ainda assim suas curvas hereditárias se acentuam. O latido dos cães a irrita, ela tenta evitá-lo a todo custo para não me perturbar, embora eu insista que não há problema. Os cães não são mãe e filho nem irmãos, apenas se juntaram à força naquele apartamento recém-construído que ela comprou. Ela se estabeleceu no andar de cima e sua avó mora no térreo.

Ela me convida a me sentar numa poltrona com almofadas de recheio ralo, uma delas com um desenho de Betty Boop. Num quadro-negro aparafusado à porta do banheiro, uma placa com letras adolescentes de arabescos malfeitos diz: "O essencial é invisível aos olhos". Assim que ela se senta no chão para olhar para mim, os poodles se jogam em cima dela, como se tivessem de adorá-la. Nina ou Yanina poderia muito bem ser uma deusa da mitologia, a representação de uma figurinha cheia de cores, mas ela é tímida e franca. Nina também pode se encurvar.

"Eu mentia muito", diz enquanto me passa um chimarrão num recipiente de plástico violeta. Quando eu pego, percebo que está fervendo. "Eu sempre ia dormir na casa de alguma amiga, esse era meu álibi. Você sabe que minha mãe é casada com um policial, né? Mesmo assim, nunca passou pela cabeça deles que eu pudesse estar mentindo."

Nina não é a Yanina da qual me lembro, ela tem outro rosto, embora não queira me confessar. Cinco anos atrás, fez uma plástica no nariz porque não gostava dele. O que acontece com essas intervenções é que o restante do rosto acaba sendo reconstruído. A pessoa que sai dali é desconhecida, é uma novidade até para si mesma. Mas há um momento em que essa pessoa volta a se identificar com o reordenamento da carne e se aceita de novo. Era isto o que ela quis desde o início: mudar para se afastar. Ir para longe, mas no mesmo corpo.

"Fiz design gráfico, o ciclo básico para estudar arquitetura, design de interiores. Mas não tenho vocação. Não sei o que quero fazer. Eu queria ter minha marca e vender roupas, mas já tive uma tentativa fracassada. Toda a minha vida eu quis ir embora, mas não me animo a ir totalmente sozinha, preciso que alguém me diga que está me esperando em algum lugar."

Quando tinha catorze anos, Yanina ouvia todas as bandas do momento: Callejeros, Los Piojos, Los Redondos, Los Jóvenes Pordioseros, Los Gardelitos, La 25. Como sua mãe não a deixava sair — ela temia, acima de tudo, a falta de segurança —, Yanina mentia. Inventava planos que se encaixavam perfeitamente com os horários dos shows à noite e levava roupas limpas na mochila para se trocar. Saía de casa vestida de uma maneira e, uma vez dentro do local do show, ela se transformava. Ia embora para longe.

Quando tinha catorze anos, Yanina comprou ingressos para as três noites de show dos Callejeros.

Quando tinha catorze anos, Yanina viu uma faísca crescendo no teto da Cromañón.

Quando tinha catorze anos, Yanina cobriu o nariz com a camiseta cem por cento algodão para parar de inspirar a fumaça.
    Seu namorado Lucas a aconselhou a fazer isso: "Eu estava na frente do palco. Não conseguia sair porque a coisa se afunilava. Perdi um tênis, me lembro. Lucas me agarrou e saímos. Depois não me lembro mais de nada".
    Sentada no chão frio do seu apartamento recém-reformado, Yanina me olha com os olhos arregalados e me diz que ainda não entende como conseguiu sair. Uma vez do lado de fora, ela se sentou numa esquina da praça Once esperando que sua mãe a buscasse de carro. Naquela noite, ao contrário das outras, Alicia, sua mãe, finalmente a deixara ir assistir à sua banda favorita gritar suas músicas. Yanina ligou para ela do celular.
    — Oi, mãe, tudo bem? Sim. O show começou, mas interromperam porque o teto pegou fogo. Algum idiota disparou um sinalizador. Não sei o que aconteceu. Nada grave. Já devem estar apagando. Barulho de sirenes. Está uma confusão aqui. Estou bem, sim, mas você pode vir me pegar?

Do outro lado do telefone, Alicia assistia a uma luta de boxe profissional na tevê de uma pizzaria no bairro Once. Pediu a conta do café e saiu a toda velocidade para se encontrar com a filha. Quando se viram, Alicia abraçou Yanina com força, mesmo que não soubesse bem por quê.

Yanina estava toda suada. "Onde seu namorado ficou?", perguntou Alicia. Yanina mal respondeu. Ela não sabia. Nenhuma das duas sabia bem o que acabara de acontecer.

"Voltamos para o carro ouvindo o rádio", Yanina me conta. "Interromperam a transmissão da Aspen, a rádio dos clássicos, para falar sobre a Cromañón. Era difícil acreditar no que eu estava escutando. Diziam que alguns dos que estavam lá do meu lado, cantando, agora estavam mortos."

Yanina tem dezesseis anos e está imponente no seu uniforme bem-passado. Estão rezando uma missa na sua escola particular. Os alunos do quarto ano estão em frente a uma fileira de bancos de madeira, todos com seus uniformes verdes e brancos.

Quando o padre acende o incenso para pronunciar a última oração, a pressão de Yanina cai. Uma amiga segura sua nuca, ela está acostumada com isso, não é a primeira vez que lhe acontece. Ela a acompanha em silêncio até a porta. Uma vez fora da igreja, elas se olham e sorriem. Yanina tem a respiração entrecortada, seus olhos lacrimejam. O incenso é uma resina vegetal que, quando entra em contato com o fogo, exala um intenso cheiro de queimado. Só isso já é suficiente para a menina escultural desabar.

Como você explica a Cromañón para um menino de quinze anos hoje?, diz Yanina enquanto olha para mim e lava louça na cozinha. Agora estamos no térreo, e sua avó está assistindo à televisão. Não se preocupe, ela não se dá conta de nada, ela me diz. É verdade, penso, parece desenhada.

Pergunto a Yanina o que ela vai fazer a seguir. Ela responde que nada, talvez continue assistindo à terceira temporada da série policial na qual está tão interessada.

"Acho que optei pela negação. Eu me retraio. Não penetro na realidade. Nunca entendi muito bem o que aconteceu naquela noite. Ainda não entendo", diz.

Antes de abrir a porta para mim, Yanina põe um casaco de lã nos ombros da sua avó. A mulher permanece imóvel. Também retraída, também em negação. Nada que algumas horas na frente da tevê não possam resolver.

6.
MARTINA

Quero ser dentista

"Foi uma quinta-feira, acho. Fui até o Once comprar tecido e acabei passando pela rua Bartolomé Mitre. Havia um palete de madeira para indicar que era proibido passar, mas a porta da Cromañón estava aberta, e muitos anos haviam se passado desde a tragédia. Eu me aproximei para dar uma espiada. Espichei os olhos e pude ver o bar onde vendiam as bebidas. Estava tudo igual. Preto, cheirando a um trem velho, a ferro. Vi as marcas das mãos na parede. Não me atrevi a entrar de jeito nenhum, o cheiro já era o bastante. O lugar parecia menor do que eu me lembrava. Para mim, a Cromañón era gigante. Andei mais um pouco e peguei o 105 para minha casa. Três meses depois, apareceu uma nota no jornal *La Nación*, com fotos. A manchete dizia: 'A Cromañón hoje'. Era exatamente o que eu tinha visto, então não foi um pesadelo. Alguns meses depois, decidiram fechá-la. A nota falava de uma sobrevivente que passou andando por ali e, quando deu uma espiada, sofreu um ataque de pânico muito forte. Mas aquela menina não era eu."

Quando termina de dizer isso, o telefone do consultório de Martina toca.

Ela me recebe com um avental branco com listras azuis e verdes. "Não lembrava que você vinha", diz ela. Martina tem dentes anormais de tão saudáveis. A coisa mais branca que seu corpo tem são esses dentes na boca. Ela me pergunta se quero tomar algo, respondo que um copo d'água está ótimo. A sala de espera é minúscula. Há um vaso de jiboia numa mesa e um bambu-da-sorte: típica flora de interior dominado pelo ar-condicionado. A dentista María García atende um padre na outra sala. Está fazendo um tratamento periodôntico nos seus dentes superiores. "A periodontia trata dos problemas que ocorrem nas gengivas. Podem ser tanto genéticos como adquiridos por maus hábitos", explica Martina. Ela tem um prazer especial em contar detalhes da boca de outras pessoas. "Se eu tivesse que escolher uma especialidade, provavelmente escolheria a periodontia. Acho interessante ver como as pessoas negligenciam a limpeza oral. Como o tártaro vai tomando conta de tudo."

O padre vestido de padre, com o retângulo branco na garganta, vem caminhando em nossa direção. Ele é alto e grandiloquente. Com voz grave, solicita a Martina que marque outra consulta para continuar seu tratamento. Ela conversa com ele de modo informal e sorri; Martina ama seu trabalho.

Nós duas éramos colegas de classe do ensino fundamental. Martina foi uma das primeiras pessoas fora do meu círculo familiar que me faziam gargalhar. Com ela, aprendi a ter senso de humor. Fizemos o fundamental juntas e depois nos distanciamos no ensino médio. Continuamos a ter contato pela rede Fotolog (de vez em quando eu gostava de entrar na internet para ver como ia a vida dos meus antigos amigos). Martina era rolinga e ouvia Los Jóvenes Pordioseros, Los Gardelitos, também os Callejeros. Aos treze anos, já se vestia com camisetas dessas bandas. Em 2003, retomamos o contato. Nós nos encontrávamos para ouvir os discos e ficávamos rindo, como quando tínhamos oito anos de idade. Fazíamos aquilo de andar de mãos dadas pelo pátio aberto da Escola Estadual de Ensino Fundamental Wenceslao Posse. Martina era boa no futebol e no handebol, sempre marcava vários gols e gritava muito. Ela me falava sobre o clube Boca Juniors, me contava sobre os domingos em que ia para o estádio com seus irmãos. Eu admirava essas comunhões alheias, coisas agradáveis que os outros faziam juntos. Quando completamos quinze anos, decidimos que teríamos nossa própria comunhão: iríamos ver os Callejeros sempre que pudéssemos.

Agora Martina tem 28 anos e trabalha há oito no consultório da dra. García. Ela cuida da parte administrativa e atende os pacientes enquanto a dentista tira moldes, faz limpeza, realiza extrações. Martina ajeita o babador e o extrator de saliva nos pacientes, tira raios X para a coroa e para as placas de contenção. Também lava e esteriliza o material não descartável numa autoclave, uma espécie de panela de pressão à qual se adiciona glutaraldeído — capaz de matar o vírus do HIV, Martina me explica —, e ali mesmo todas as bactérias que se acumularam durante o dia são exterminadas.

Desde os dez anos de idade, Martina queria ser dentista. Ela está agora no último ano de Odontologia na Universidade de Buenos Aires.

Depois do padre, entra uma mulher de cerca de cinquenta anos que se deita confortavelmente na poltrona de couro cinza da dra. García. Martina me convida a entrar para olhar, e eu entro.

A paciente diz à doutora que a coroa que ela colocou há três anos agora a incomoda e que à noite aperta demais as mandíbulas. De manhã, sua cabeça dói tanto que ela sente que um alienígena entrou ali. Martina olha para mim, travessa, sob seus óculos de armação fina. Sempre enxergou mal, sempre teve uma lente diante dos olhos. Enquanto segura o sugador de saliva na boca da mulher atordoada, ela me diz para relaxar. Peço desculpas, mas a paciente não nota minha presença. A dra. García diz à paciente que certamente é tudo de origem nervosa. Martina me olha de novo com aquele olhar cúmplice e universal, que eu conheço há tantos anos. Acho impossível não ser tomada pelo riso e tenho de sair da sala. Minha amiga de infância não pode evitar criar um clima de brincadeira, mesmo agora que temos quase trinta anos e seu trabalho no consultório exige que ela use um jaleco e esterilize material que possa conter bactérias mortais.

"Menti uma vez para ir ver Los Gardelitos, Los Jóvenes Pordioseros e Callejeros no Baradero Rock. Eu disse à minha mãe que ia passar o fim de semana no sítio da Ani. A entrada era de vinte pesos, menti que tínhamos de comprar um presente de aniversário para uma amiga. Que íamos fazer uma vaquinha entre várias amigas. Tenho todos os ingressos dos shows a que fui. O mais caro foi o dos Los Piojos em Vélez. Eram cinquenta pesos, dá para acreditar? Tenho uma memória tão boa."

Martina atende a uma ligação e marca uma consulta. Olho pela janela. É um meio-dia branco, como os dentes, como a parede, como a falta de ar.

"A primeira vez que fui à Cemento, lembro-me de pensar que o nome foi muito bem escolhido. Era literalmente um quadradinho de cimento. Não havia ar circulando porque não havia por onde passar e o ambiente todo era asfixiante. Lembro que a Juana, uma conhecida nossa, desmaiou. Você não queria ir à Cemento porque tinha medo, lembra?"

Concordo com ela. Não me recordo de ter dito isso alguma vez, mas me lembro do medo.

"Havia cerca de três sinalizadores por pessoa. Eu tinha comprado uma daquelas camisetas com estampa da banda. Estava tão quente e eu, tão suada, que minha camiseta começou a soltar tinta. Meu sutiã, que era branco, ficou preto."

De dentro do consultório, podemos ouvir a broca da dentista perfurando a gengiva da paciente.

"Naquela vez da Cemento, a entrada era dez pesos mais um alimento não perecível, então tinha muita gente. Cheguei às sete da noite e entrei, mas havia uma quantidade enorme de pessoas do lado de fora. Os Callejeros tocaram por duas horas e foi incrível, mesmo que houvesse fumaça constante. Eles descansaram uma hora e alguém disse que tocariam de novo. Acho que o gerente lhes sugeriu isso, porque daí receberiam o dobro do dinheiro. A Cemento tinha um bar na parte da frente. É engraçado: o lugar era minúsculo, mas não podia faltar um bar. Ficamos tomando cerveja com dois amigos, matando tempo. Dentro de uma hora, os Callejeros tocaram de novo e ficamos assistindo. Meu pai veio me buscar por volta das três da manhã. Quando me viu saindo daquele lugar, não me fez muitas perguntas. Hoje acho que talvez fôssemos independentes demais naquela idade. A Cemento ficava no centro do bairro de Constituición, antes do cruzamento da avenida 9 de Julio.

"Em 5 de dezembro de 2004, os Callejeros tocaram de graça na praça Congreso para a causa '2 km pela Aids'. Você foi comigo, lembra? Era uma caravana com um palco móvel. Não foi tão bom. Não conseguíamos ver nada. Durante a maratona, a Dancing Mood tocou e à noite os Callejeros, que era a banda do momento. Aquele dia era meu aniversário de quinze anos. Lembro que havia um menino que subiu num poste metálico na praça e caiu. Todos nós vimos isso. Acho que não aconteceu nada com ele, mas a ambulância veio pegá-lo. E o show prosseguiu."

Martina interrompe a história e procura sua bolsa. Dentro dela há uma agenda com corações violeta sobre um fundo preto que diz "Best wishes for you". Ela tira uma folha de fichário com três furos como as que utilizávamos no ensino médio. Eu a pego e dou de cara com minha caligrafia: enorme, gorda, generosa, especialmente nos "gês" e nos "eles". Uma caligrafia muito nova e cheia de cores. "É uma carta que você me deu alguns dias depois do meu aniversário", diz:

"Oi, fofa!!! Feliz aniversário!!!

"Embora eu estivesse com você no dia do seu aniversário (mas o som era terrível e um cara caiu de um poste de iluminação), não tive tempo de te escrever nenhuma carta e eu queria que você tivesse uma. Quinze anos já, menina! Isso é demais, parece que foi ontem que a gente sentava juntas, de trancinhas nos cabelos. Quinze anos agora, que vida, *che*. Pretendo continuar te ligando, mesmo que você não faça isso, porque eu sei como você é e já me acostumei. E, por que não, mais quinze anos indo ver os Callejeros, certo? Acho que, com o tempo, meu medo de ser esmagada vai passar.

"E sim, agora vem o show no Excursionistas. Vamos lá, Callejeros! Ouçam, ouçam, a melhor banda de rock é a Callejeros, puta que pariu!

"Bem, pequeno animal imundo. Espero que você se divirta muito hoje à noite.

"Te desejo tudo o que você deseja, e te amo.

"Vamos lá, Callejeros.

"Cami Gardelita 87, 'Inoxidable Pasión'."

Eu assinava as cartas assim, por causa da banda Los Gardelitos; o número 87 que representava o grupo Los Piojos em numerologia e a expressão "Inoxidable Pasión", de uma música dos Callejeros.

Fico em silêncio depois de ler a carta. Martina sorri.

Pergunto-lhe se ela trabalharia com crianças e ela diz que não. Que arrancar o dente de uma criança é uma espécie de sessão de psicologia. Que você tem de criar confiança, explicar demais. Que, embora tudo o que esteja errado na boca de uma criança se regenere rápido, ela prefere mil vezes limpar a sujeira que um adulto deixou acumular nos dentes.

"Fomos juntas à Cromañón em 29 de dezembro. Você ficou no andar de cima porque tinha medo da quantidade de gente. Sempre respeitei isso em você. Eu desci porque eles estavam tocando minha música favorita e subi nos ombros de um menino mais velho. Gritei muito. Quase tirei a camiseta, mas não me atrevi. Fazia um calor terrível. Fomos mais para a frente. A Cromañón não era tão grande e naquela noite não havia tantas pessoas. Lá, nas alturas, lembro que um garoto muito magro me pediu para segurar uma bandeira que ele com certeza tinha pintado. Dizia 'Callejeros Inoxidable Pasión', e como o menino estava muito colado na grade, não conseguia fazê-la tremular. Fiz-lhe o favor e levantei a bandeira. Isso me fez gritar mais. Quando eles pararam de tocar, fui até onde você estava e você me disse que estava se divertindo, mas tinha um ar preocupado. Você sempre fazia essa cara. Quando voltaram a tocar, eu te deixei sozinha de novo. Subi nos ombros de outro garoto. Naquela noite, fiquei afônica. A Cromañón foi o melhor show dos Callejeros que eu vi. Eu tinha desejado muito estar lá. Foi uma das noites mais lindas da minha vida."

A paciente da dra. García agora chora no consultório e Martina me pede para esperar na sala. Olho para as plantas, estão secas. Será que alguém cuida de algo que não seja dentes, aqui? A paciente pede desculpas, diz que está sensível. Que seu corpo não é mais o mesmo de quando ela era jovem.

Na noite de 29 de dezembro, Martina e eu voltamos a pé da praça Miserere até o bairro de Palermo. Morávamos a poucos quarteirões de distância. Naquela noite, fiquei para dormir na casa dela e nos lembramos de todo o show, do começo ao fim. Acreditávamos que assim tudo ficaria gravado, que a recordação seria agradável. Mas não foi.

"Na noite de 30 de dezembro de 2004, eu estava em casa jantando com minha família. Sempre jantávamos tarde. A televisão dizia que uma discoteca do Once estava pegando fogo, eu disse aos meus pais que aquela era a Cromañón, onde tínhamos estado na noite anterior. Meu irmão Ramiro foi o primeiro a ficar angustiado. Ele tinha ido, acima de tudo, para acompanhar a gente, e repetia o tempo todo que aquilo não podia estar acontecendo. Que era impossível. Quando vimos que o número de mortos começou a subir, meu pai decidiu desligar a tevê. O Ramiro demorou muito para pegar no sono naquela noite, deixou a luz acesa. Lembro-me bem disso, porque não conseguia dormir com aquela luz. Às cinco horas da manhã, na área verde do meu prédio, começamos a ouvir gritos desesperados de uma vizinha. Meu pai acordou e foi até a janela da cozinha. Eu o acompanhei. Nós dois estávamos inclinados para fora e com frio. 'Algum filho dela deve ter morrido na Cromañón', disse ele.

"Aos quinze anos, você não pensa na morte. De repente, tivemos que pensar nela. Éramos muito jovens para entender."

A paciente da dra. García sai do consultório com o rosto vermelho e choroso. Ela pede à minha amiga que marque um retorno para daqui a um mês. A mulher olha para mim e sorri. Anota a data que Martina lhe diz, guarda suas coisas numa bolsa envelope que deve ter mais de uma década de uso e vai embora. De repente, nós duas começamos a rir muito, franzindo o rosto como se o tempo não tivesse passado, apesar da idade adulta, do jaleco médico, dos ofícios, do contrato de aluguel, da recriação da catástrofe. Como se tudo fizesse parte de uma brincadeira demasiado elaborada e amanhã tivéssemos de voltar à escola porque no primeiro horário temos aula de educação física e nosso único objetivo é marcar cinco ou seis gols.

Pela primeira vez na tarde, Martina fica séria. Ela pega a agenda, toma nota de algumas coisas que tem de fazer pela manhã. Sem olhar para mim, diz: "Há pouco tempo tive notícias do Manuel, seu ex-namorado, por alguém que o conhecia, que jogava futebol no clube GEBA com ele".

Gosto de ouvir Martina falar. Sua obsessão com os dentes e com o passado me deixa extasiada.

7.
MANUEL

Dois estranhos

"Aos quinze anos, todas as coisas começaram a acontecer comigo pela primeira vez. Primeiras saídas à noite, primeira namorada, primeiras bebedeiras, primeiras incursões no sexo, e tantas outras que, por sua condição de primeiras, eram únicas e faziam com que todo o resto importasse pouco. *O ano em que vivemos em perigo* é um filme do início dos anos 80 e seu título é perfeito para lembrar esses anos que vivemos no limite.

"Naqueles dias, quando eu saía de manhã para o colégio, eu me importava mais em levar o violão nas costas do que a mochila com a pasta, e ainda menos em ter feito a tarefa. Algumas manhãs saíamos de casa sabendo que não iríamos entrar na escola, nos encontrávamos na casa de alguém cujos pais não estariam, ou às vezes passávamos a manhã no bar do Charly, onde tomávamos café da manhã e conversávamos sobre música.

"Esperávamos a aula terminar para que pudéssemos tocar um pouco de violão no intervalo, alguns iam fumar um cigarro ou um baseado às escondidas no pátio ou nos banheiros. Depois que o horário de aulas acabava, ficávamos por um bom tempo sentados na porta da escola. Era costume pedir moedas aos colegas para comprar uma garrafa de refrigerante retornável no bar. Também passávamos a tarde em frente à escola — no prédio dos escritórios das Aguas Argentinas —, na rua Riobamba, 700.

"Fora daquele ambiente e à noite, se não fôssemos a algum show, a saída clássica era ir ao Paseo del Sol, uma galeria ao ar livre ao lado do shopping Alto Palermo. Os mais velhos, aqueles que tinham mais de dezoito, podiam se sentar para tomar uma bebida nos bares, mas aos mais novos isso não era permitido. O que fazíamos, então, era nos reunir nas escadas do local e fazer uma vaquinha para comprar as bebidas que pudéssemos. Éramos sommeliers de bebidas baratas como a Mariposa ou os vinhos em caixa, como o Casa de Troya.

"No sábado, 18 de dezembro, fui com vários amigos assistir aos Callejeros no estádio do clube Excursionistas, no Bajo Belgrano. Essa não era uma data qualquer, mas o maior show da banda até o momento, e a apresentação do álbum *Rocanroles sin destino*. Naquela mesma noite, Pato Fontanet anunciou que a banda iria fazer três shows na Cromañón, um lugar que eles mesmos haviam inaugurado em abril, e cujo proprietário era uma pessoa que os ajudara muito quando eram pouco conhecidos.

"A razão dessas datas era celebrar o crescimento da banda com shows mais 'íntimos' para as pessoas que sempre iam vê-los. Então, como iríamos perder? Nós, que durante todo aquele ano os seguíamos com nossos catorze anos.

"Naquela mesma segunda-feira, os ingressos começaram a ser vendidos e, como meu dinheiro se baseava no que eu poderia economizar do que meus pais me davam, pedi os ingressos como presente de Natal.

"À meia-noite de 25 de dezembro de 2004, recebi da minha mãe e minha irmã um envelope no qual havia três cartelas com desenhos; na realidade, eram os três ingressos para os shows dos Callejeros: 28, 29 e 30 de dezembro de 2004.

"Sempre íamos num grupo de pelo menos quinze pessoas para ver a banda. Aquele 30 de dezembro foi uma exceção. Como era fim de ano, um pessoal tinha ido para o litoral passar o Ano-Novo com a família, outros já tinham ido aos shows anteriores, assim vários não iam ao terceiro. Outro fator que influenciou foi que vários amigos souberam que, naquela mesma noite, Los Ratones Paranoicos dariam um show gratuito numa praça de Devoto.

"Éramos apenas quatro ou cinco. Na noite de 30 de dezembro, todos conseguimos sair da discoteca, sem entender direito o que estava acontecendo. Cada um de nós foi em busca de amigos ou conhecidos, e ver no que podia ajudar. Fiquei procurando meu primo, que sempre ia ver a banda. Quando estávamos todos na rua Bartolomé Mitre, cruzei com o Maxi, o guitarrista dos Callejeros, que estava muito agitado. Ele gritou que tinha visto meu primo do lado de fora. Isso me tranquilizou. Fiquei mais um tempo, tentando dar uma mão para todos os caras que estavam lá. Ainda não era comum ter um celular aos catorze anos. Poucos podiam avisar às suas famílias o que tinha acontecido. Eu pensava que iriam apagar o fogo e voltaríamos para dentro, que os Callejeros continuariam tocando. Mas não. Depois de meia hora, cruzei com duas colegas da escola. Elas estavam com a mãe e essa imagem me fez pensar na minha família e em você. Comecei a ir a pé para casa, que ficava a doze quarteirões de distância.

"Não sei se o timing foi perfeito: chegando em casa, encontrei minha mãe na esquina, com cara de sono, despenteada e com a bolsa na mão. Estava indo me pegar. Ficamos nos abraçando por muito tempo e eu lhe disse que estava bem. No elevador, ela chorou. Tocou meu cabelo, o rosto, o nariz.

Ela me olhou pelo espelho. Quando cheguei ao apartamento, tive que ligar para muitas pessoas e confirmar que ainda estava vivo. Quando falei com você, choramos ao telefone, e olhe que para mim era muito difícil chorar. Você me perguntou tantas coisas, eu te respondi o que pude. Eu te disse que te amava e que voltaria para a cama, que no dia seguinte ficaríamos juntos. Quando desliguei, continuei ligando para os outros. Não importava a hora, do outro lado do telefone todos estavam desesperados. Naquela noite, ouvia-se o murmúrio da cidade. Naquela noite ninguém estava dormindo."

*

Os meninos do 1ºC tinham algo especial: sempre levavam violão, usavam calças largas, camisetas de banda. Eventualmente, alguém aparecia com um novo dreadlock no cabelo e isso rendia assunto com minhas amigas do 1ºD. Sabíamos falar bem inglês, penteávamos o cabelo com um esmero ridículo às seis da manhã, prestávamos atenção especial naqueles futuros homens.

Os corredores do piso térreo do colégio Normal 1 ficavam cheios de alunos e alunas do primeiro ano na hora do intervalo. Lá podíamos ver claramente o rosto dos nossos colegas de outras salas de aula. Cinco turmas por ano. No meio daquele aglomerado de meninos em pleno crescimento, encontrava-se Manuel. Cabelos castanhos, não muito curtos, nariz saliente. Quase sempre vestido com a mesma camiseta de rúgbi, embora não jogasse, e tênis de lona branca. Mais tarde, soube que Manuel ficava envergonhado se usasse tênis novos, ele deliberadamente os sujava para agir como autossuficiente, sem a dependência econômica de uma mãe loira, psicóloga, que ficava às voltas com um cachorro vira-lata a manhã toda.

Em uma daquelas caminhadas matinais pelos corredores do intervalo, notei que Manuel estava vestindo uma camiseta dos Los Piojos. Fazia muito tempo que eu era fascinada por eles. Tinha desenhado com uma caneta permanente o símbolo da banda — uma espécie de alienígena com chifres — nas costas do avental da sétima série. Manuel, além de me atrair por causa da sua barba incipiente e sua sujeira perpétua, ouvia a mesma música que eu. Isso me deu um sentimento de urgência. Revirou meu estômago de ansiedade e desejo. O que fiz, então, não foi falar com ele em palavras: consegui uma camiseta dos Los Piojos. Era vermelha com uma estampa na frente e um *87 — piojos*, piolhos, de acordo com o número no jogo do bicho — nas costas. Meu pai comprou para mim num brechó, ele não via sentido em gastar dinheiro em algo tão "passageiro". Um fim de semana, viajando de ônibus, perguntei-lhe: "Você já gostou tanto de música que usou uma camiseta?" Ele respondeu que claro que não, e olhou pela janela do ônibus. Era reconfortante pensar que meu pai tinha um mundo interior enorme e que nosso mundo barulhento não tinha nada a lhe oferecer.

Foi assim que, uma manhã, Manuel e eu estávamos andando pelo corredor do Normal 1 com a camiseta da mesma banda. Olhamos nos olhos um do outro. A primeira atração, além da curiosidade pelo corpo do outro, se deu pela música.

Naquela época, trocávamos algumas mensagens no ICQ, onde eu lhe contava que tinha vontade de aprender a tocar violão. A rede social compensava a timidez do *ao vivo*. Algumas semanas depois, Manuel me entregou um pedaço de papel e foi embora. Ali, ele havia escrito os acordes da canção "Todo pasa", dos Los Piojos.

Com uma caligrafia infantil, ele escreveu a letra, as introduções, os refrões e diagramou em detalhes como era a posição dos dedos para tocar Fá, Dó e Si bemol no braço do violão. No fim da folha, havia um recadinho num quadrado dirigido especialmente a mim:

"Bem, espero que você consiga *tirar a letra*; se não, pode me perguntar... Não fique chateada com minhas brincadeiras. Boa sorte. Manuel."

Uma semana depois de receber esse papel, estávamos sentados nos degraus de uma escada, ao lado do banheiro feminino do Normal 1.

— Você já tirou a música no violão?

Menti que sim.

— Que rápido — disse ele.

A construção do piso térreo da escola era antiga, e aqueles degraus que imitavam marfim instantaneamente nos transportavam para outra era. Eram frios, mesmo se fizesse calor, como se contivessem a temperatura de outro tempo. Manuel não me olhava nos olhos porque estava nervoso, e naquele dia ele estava com uma camiseta da La Renga. A essa altura eu já tinha cortado minha franja e acabara de comprar uns tênis Topper azul-claros. Uma rolinga em ascensão. Pela janela que dava para o pátio aberto, pudemos ver um monitor do terceiro ano que passava carregando algumas pastas, e duas meninas correndo para chegar à sala de aula sem ter que sofrer a punição pelo atraso. Eram onze horas da manhã, e da rua também vinham as freadas constantes do ônibus 12, de Palermo a Barracas. Esse foi o início de três anos de cumplicidade e beijos de língua.

— Você já ouviu os Callejeros? — ele me perguntou.

— Ainda não. São bons?

— Sim. São o futuro.

Ficamos em silêncio.

— Quer namorar comigo?

Naquela noite, quando soube que algo ruim estava acontecendo dentro da Cromañón, não tive notícias de Manuel por uma hora. As opções eram duas: vivo ou morto. Minha mãe me abraçou, de camisola. Liguei para o meu pai e chorei ao telefone, liguei para Martina, liguei para minha outra irmã que estava grávida de seis meses. Fui até a varanda. Tentei rezar, mesmo que não soubesse. Manuel ligou pelo telefone fixo da casa dele. Não tinha celular. Ele me disse que estava bem e tudo mais. Na manhã seguinte, ele apareceu na portaria do meu prédio na rua Juncal com a cara de quem não havia dormido nada. Ele ainda estava com a camiseta dos Callejeros que usara na noite anterior. O homem que trabalhava de vigia no prédio olhou para ele em pânico, como se olha para um sobrevivente. Subimos no elevador sem dizer uma palavra. Entramos no apartamento de dois ambientes e fomos direto para o meu quarto. A tevê estava ligada no canal de notícias; na parede, meus cartazes de Los Piojos, Callejeros, Charly García e Los Gardelitos. Deitamos na cama e eu o abracei. Adormecemos.

Dez anos depois da Cromañón, Manuel me escreveu uma mensagem no Facebook:

"Oi! Pode parecer um pouco sem sentido, mas essas datas nos fazem pensar e lembrar, por isso é inevitável que seu nome apareça, já que foi você quem me deu forças e me conteve naqueles dias. Hoje somos praticamente dois estranhos, mas nunca vou me esquecer disso. Acho que nunca te disse, mas OBRIGADO, sério.

"Um beijo enorme,
"Manuel."

8.
JULIA

Lenta com as emoções

São dez horas da noite e Julia está conversando no Messenger com M e C. Ninguém conseguiu ingresso para ir ver os Callejeros em 30 de dezembro na Cromañón. Julia resiste a ouvir os discos novos, prefere o clássico, o conhecido. Ela ainda não conhece as letras, então por que iria? Para fazer de conta que está cantando? E se alguém descobrisse que está balbuciando a letra sem saber? Melhor ficar na sua casa de Ramos Mejía, no distrito de La Matanza. É a primeira vez que fica sozinha. A primeira vez no mundo adulto. Ela tem dezessete anos e sua mãe viajou para o litoral com seu namorado e o irmão mais novo de Julia. Ela não quis ir. Assim como tem resistência a novos discos, também resiste a experiências desse tipo. O Messenger é a nova maneira de se manter conectada com seus amigos. Ela ainda não sabe usá-lo muito bem, mas pode se expressar perfeitamente através daqueles rostos amarelos felizes, ou tristes, ou intermediários.

Nickname: Julia "87". "Santi: meu único herói nessa bagunça."
O Santiago ao qual ela presta homenagem no seu *nickname* é seu namorado. Nicolás e Fabián, seus melhores amigos. Eles,

sim, conseguiram entrada para ir à Cromañón. Agora os três estão entrando no show e Julia fica um pouco irritada porque, no fundo, ela gostaria de ter ido. Há quatro meses Julia e Santiago namoram e se beijam em cada esquina de Ramos Mejía. Os vizinhos os conhecem porque são muito efusivos na troca de carinhos.

O chat no Messenger continua naquela noite. Seus dois amigos também estão com raiva ou inveja, embora no fundo falar mal daqueles que estão lá também seja um pouco divertido. Julia se pergunta com qual música a banda vai começar o show daquela noite: se com a dos violinos ou com "La llave", a número 1 daquele novo álbum que ela ouviu tão pouco.

Julia entra no banheiro. Ela se olha no espelho. Ajeita os óculos. Penteia a franja que insiste em cair nos olhos. Seu banheiro tem azulejos azul-claros e alguns enfeites típicos de banheiro, como sacos bordados com motivos de lavanda que acomodam os rolos de papel higiênico ou um quadrinho com a imagem de três mulheres de vestido longo cheirando flores. A casa está silenciosa e Julia pensa no que sua mãe deve estar fazendo na praia. Olha para o rosto no espelho, estuda o branco dos olhos. Ela gosta do que vê. Então abandona o pensamento. Sai do banheiro e instantaneamente volta ao bate-papo.

M, um de seus amigos, começou uma conversa quarenta mensagens atrás. Julia não entende, então sobe com o cursor do computador até encontrar o início da conversa.

M — Vocês viram o que está acontecendo na Cromañón?

C — Não.

M — Liga a tevê, pentelho.

C — Vinte mortos? O que está acontecendo? — diz C, e acompanha suas palavras com emojis amarelos de surpresa e desenhos de fogo.

M — Na Telefé dizem que há trinta mortos e dez feridos. Não estou entendendo essas imagens, de qualquer jeito. É a Cromañón ou é alguma confusão ali perto?

C — Não, agora estou assistindo à América TV. É a Cromañón. É a única discoteca na rua Bartolomé Mitre.

M — Não pode ser.

C — Por que não pode ser? É onde a gente foi ontem. Você não está vendo a parede de tijolos?

M — Mas como pegou fogo?

C — Juli, você está aí?

M — Na C5n estão dizendo que já tem mais de quinze mortos e que as ambulâncias não conseguem dar conta.

C — O quê? Mas como aumenta tão rápido?

M — Estou ligando pro Santiago, mas o telefone dele está desligado.

C — Vamos esperar. O show tinha acabado de começar, talvez nem tivessem entrado.

M — O Fabián também não atende.

C — Tem muitas ambulâncias.

M — O que a gente faz? Vamos lá?

C — Não sei.

M — Julia, oi? Você está aí?

Julia se afasta do computador.

Duas semanas atrás, Julia teve um sonho: uma onda muito grande engoliu metade de uma cidade do litoral e houve milhares de mortos. Julia os viu e os cheirou. Acordou tremendo. Contou à mãe: "Foi um sonho muito real, juro". Norma, a mãe, acalmou-a, dizendo-lhe que o inconsciente tem o poder de pegar coisas que aconteceram de dia e transformá-las em filmes, mas Julia não se convenceu com esse raciocínio. Continuou tremendo. Tinha sonhado com um tsunami. E o que era um tsunami?

Ela contou o sonho ao seu grupo de amigos: Nicolás, Fabián, M, C e, claro, Santi. O namorado se assustou, pois é isso o que acontece com os medrosos. A existência de um tsunami ou disco voador perto da sua casa lhe parecia absolutamente provável. "Mas, Juli, por que você sonhou com isso?", ele perguntou enquanto ficava pálido. Julia riu e teve de tranquilizá-lo.

Dois dias depois, no meio da noite, Julia e Santi estavam vendo televisão. Eles passaram pelos canais até encontrar a CNN em espanhol. A voz em off sobre as imagens descrevia: "Era uma manhã ensolarada e pacífica em 26 de dezembro de 2004 nas costas paradisíacas do Sul da Ásia. Banhistas e pescadores já estavam na praia, enquanto milhares de outros turistas e moradores locais se divertiam nas proximidades. De repente, aqueles que estavam lá notaram que na água se levantava uma onda nunca vista antes. E não era uma onda, era uma montanha de água com mais de quinze metros de altura e dois quilômetros de comprimento que corria em direção à costa a setecentos quilômetros por hora. Em questão de minutos, o oceano varreu tudo em sua passagem. Carros, caminhões, casas, prédios".

Julia assistiu a uma família de sobreviventes narrar à câmera como tinha sido voar numa onda enorme e serem milagrosamente salvos, e como eles viram tantas pessoas à sua volta batendo a cabeça em telhados de casas ou vagões de trem. Ainda havia crianças que não tinham aparecido. Agora, as imagens mostravam uma praia deserta e calma.

Santiago olhou para a namorada com profundo espanto. Julia ficou sem palavras e foi até a cozinha para se servir de um copo de refrigerante enquanto se perguntava se isso fazia dela uma vidente.

Julia volta ao computador e as mensagens entre M e C chegaram a cem. Isso a convence, então ela liga a televisão. O número de mortos sobe para cinquenta. Seus amigos insistem no chat, eles não entendem o que está acontecendo, e agora o número de mortos subiu de novo. São dez e meia da noite e Julia está sozinha em casa pela primeira vez. Seu namorado e seus dois melhores amigos estão na Cromañón, sua mãe na Costa Atlântica, seu pai numa casa do outro lado da cidade. Julia vomita no teclado do computador.

A mãe de Julia dorme numa cama de casal ao lado de seu novo namorado. É uma noite fresca na costa argentina. Ela acorda às três da manhã, sobressaltada, sem saber ao certo por quê. Olha pela janela. O hotel oferece várias opções para um casal mais velho, massagens com pedras quentes, piscinas aquecidas, jacuzzis, casais com crianças separados dos adultos pela questão do barulho, árvores muito altas que conseguem abafar tudo. A mãe de Julia acorda e fica irritada. Está de férias e supostamente deveria descansar. Ela acaricia a cabeça um tanto calva do namorado, que lhe devolve um abraço adormecido. A mulher liga a tevê do hotel e percorre canais da tevê a cabo. Um missionário brasileiro narra os sintomas específicos para saber se alguém foi possuído pelo diabo. A mulher se interessa, então fica no canal — os sintomas são vários e muito próximos dela: visão turva, tontura, náusea, vontade de matar, ansiedade, depressão, cansaço. Experimentou todos e cada um desses sintomas em algum momento. Mas enfim..., diz a si mesma, e muda de canal de novo. Chama sua atenção uma notícia que se repete sobre uma discoteca que pegou fogo na área do Once. "Que pena", ela pensa, e pensa também nos pais e mães irresponsáveis que deixaram os filhos pisarem nesses lugares.

Lembra-se do incêndio da Keivis na cidade de Olivos, em 1993. Vêm à sua mente os bombeiros lutando contra chamas imensas, totalmente amarelas, nada alaranjadas ou vermelhas. Os bombeiros removendo corpos envoltos em sacos verdes. Os jovens loiros de cabelos escorridos dando entrevistas dias depois na televisão, por exemplo, no programa do jornalista Mauro Viale. Jovens desconsolados que relatam o percurso da primeira chama, a primeira sensação de cheiro de queimado e o desejo de continuar dançando, não importa o que aconteça. Lembra-se do fato de que alguns jovens incendiaram um sofá apenas por diversão, e a partir dessa travessura sobreveio o desastre. Agora, a mãe de Julia não pensa em mais nada porque é tomada pelo cansaço, mais uma vez. Ela não sabe o que a acordou, sem dúvida algo insignificante, minúsculo, sem sentido. A última imagem que fica na sua memória antes de desligar a tevê é a de uma ambulância com a porta traseira aberta e, lá dentro, macas, máscaras de oxigênio e alguns fios.

É 31 de dezembro de 2004 pela manhã. M e C passaram a noite com Julia e nenhum deles pregou o olho. Estão sozinhos, mas juntos, na casa de três quartos de Ramos Mejía. A noite ficou curta. A cabeça dos três está cheia de imagens de fumaça. Eles mal conseguem tomar um chimarrão quente. M e C voltam para casa para tomar banho e trocar de roupa, e Julia fica sozinha de novo. Ela se senta na sala de estar. Pela janela entra uma luz forte: será um dia luminoso de verão. O noticiário agora anuncia 35 graus e são apenas sete da manhã. A mulher que apresenta o programa não consegue fingir, ela também não dormiu. Está vestindo o mesmo tailleur azul-claro que usava oito horas antes, quando anunciou que o número de mortos havia subido para cinquenta e poucos e que muitos parentes ainda estavam vasculhando hospitais e necrotérios. Julia sente certa proximidade com a jornalista desse canal. Foi sua companheira durante a noite, foi ela quem lhe deu a primeira notícia sem entrar em detalhes.

Na sala de estar da casa de Ramos Mejía há um sofá de três lugares, mas Julia escolhe o chão. Agora olha para a parede com a vista perdida. Seu pensamento se apaga. A âncora do noticiário também parece ter se apagado. Na manhã de 31 de dezembro, em Buenos Aires, muitas pessoas não dormiram e estão procurando, como zumbis recém-convertidos, o corpo humano que lhes corresponde. Três horas se passam até que os amigos voltam à casa e encontram Julia sentada na sala, olhando para a parede. "Vamos nos apressar", diz M. Já é tarde. Mas Julia o ignora e fica onde está.

Santiago e Julia estavam no mesmo ano letivo do colégio de Ramos Mejía. Julia não era tão rolinga quanto Santi. Até ouvia rock 'n' roll, mas isso não comprometia sua maneira de se vestir nem seu penteado. Tampouco enchia os pulsos de pulseiras, nem com aqueles trapos que rodeavam os braços e iam se desmanchando no banho. Para Julia, isso poderia parecer extravagante, às vezes disruptivo, mas no corpo dos outros. Santiago era medroso. Ele era sensível e um tanto angustiado. O que mais temia eram os óvnis, que um dia eles viessem e levassem tudo, que essa vida que ele conhecia algum dia terminasse de maneira muito trágica. É por isso que ele olhava tanto para o céu. Evitava falar sobre o assunto, embora se, por acaso, encontrasse notícias sobre novas descobertas de objetos voadores não identificados, não pudesse deixar de ler, ler e ler. Depois não conseguia dormir, tinha insônia e muitas lembranças da revista *Más allá*, onde tanta gente repetia a mesma coisa: "Juro que os vi!" Santi tocava músicas das suas bandas favoritas no violão e tinha uma voz aguda, particular. Uma voz não terrestre.

Santi morreu naquela noite na Cromañón. Asfixiado. Nicolás também faleceu. O namorado e o melhor amigo de Julia morreram na mesma noite.

O pai de Julia chegou à casa dela às oito da manhã e a abraçou. Ele perguntou se Julia tinha ligado para a mãe e ela disse que não. Sua mãe também não havia se comunicado com ela. Seu pai foi prestativo e a abraçou quando ela precisou, acariciou-a, perguntou o que tinha de perguntar, comprou garrafas de água para todos os amigos — o calor e o choro os desidratavam —, foi com a filha ao primeiro velório. Uma vez lá, ele preferiu não entrar, esperou por ela no carro. Baixou as janelas e ligou o rádio na estação dos tangos.

Já eram dez horas da manhã e o velório de Nicolás tinha acabado de começar. "Que rápido!", pensou Julia. Naquele momento, não entendia nada de nada. Evocava o tsunami do sonho da semana anterior e o medo de Santi, sobretudo isso, a tragédia que finalmente se abateu sobre o medroso. Julia olhava para a tela do celular com a sensação de que Nicolás e Santiago ligariam a qualquer momento para dizer que estavam bem, que tinha sido um equívoco, que estavam ilesos debaixo de uma árvore na praça Miserere. Mas no mesmo instante a certeza de que M tinha sido encarregado de reconhecer os corpos voltava à realidade; e Santi era Santi e Nico era Nico.

O velório de Nicolás foi de caixão fechado. Seus pais decidiram decorar a sala com a bandeira dos formandos da escola, fotos de Nico e cartas que ele uma vez enviou ou foram enviadas a ele por amigos e professores, panos que ele mesmo havia desenhado com trechos de músicas dos Callejeros, Los Jóvenes Pordioseros, La 25, Los Piojos, ingressos de shows colados por todos os lados e música. De um aparelho de som muito pequeno, disposto sobre uma cadeira de madeira ao lado do caixão, um dos três álbuns dos Callejeros soava. A mãe e o pai de Nicolás decidiram fazer isso porque seu filho teria querido assim. Era impossível separar o luto da festa. Tudo junto, muito próximo, vida e morte numa noite de verão.

Julia abraçou a mãe do seu melhor amigo e decidiu ir embora. Não queria ouvir nem por mais um segundo a faixa 3 do álbum *Presión* dos Callejeros: "*Subir, bajar o reaccionar. Buscar salidas. Poder encerrar a la libertad y sacarle un poco de verdad*".[8]

O velório de seu namorado ficava a poucos quarteirões do de Nicolás. O pai de Julia lhe deu novas garrafas de água gelada, lencinhos de papel para chorar, doces Palito de la Selva para aumentar o nível de açúcar no sangue. Julia aceitou tudo. O pai a levou de novo ao velório e ficou mais uma vez dentro do carro.

A casa funerária Sepelios Luchetti estava cheia de gente que Julia não conhecia. Membros da família do seu namorado de quem já ouvira falar. Meninos, meninas, senhoras e senhores idosos. Todos paralisados e confusos, presos num pesadelo um pouco longo. O segurança da casa funerária estava com o olhar perdido, não podia ser eficiente nem cuidar de nada ou de ninguém. Os funcionários estavam com pressa. Dentro de uma hora haveria outro velório, depois outro e outro. Fazia tempo que eles não trabalhavam tanto.

---

8 "Subir, descer ou reagir. Buscar saídas. Poder encerrar a liberdade e extrair dela um pouco de verdade."

Julia caminhou até o caixão de Santi. Estava aberto. Quando ela o viu tão imóvel, o choro estancou, como se houvesse se entrincheirado em algum buraco no seu corpo. Julia foi tomada pelo mutismo. Para ela, aquilo era apenas um corpo. A essência — ou o movimento — havia se retirado. Essa ideia a conteve. Para quem a olhava de longe, era uma imagem ilegal: uma garota de quinze anos sozinha olhando atentamente para o namorado deitado dentro de uma caixa de madeira. Julia abraçou a mãe de Santi e depois o pai dele. Choraram. Enrodilhado numa poltrona e meio adormecido, também estava o irmão mais novo de Santi, de bermuda e empapado de suor. Julia ficou surpresa pela semelhança com Santiago: eram idênticos. Só que um corpo era menorzinho e o outro maior, perito em violão clássico, e estava morto.

Julia voltou para o carro com seu pai. Percorreram a cidade por uma hora sem trocar uma palavra. A única coisa que soava eram tangos de uma época em preto e branco e um maestro que, de vez em quando, lembrava o calor que estava fazendo e os cuidados que tinham de ser tomados para evitar a onda laranja.

"Não pensei em mais nada. Eu tenho essa facilidade, é meu dom. Sou muito lerda com as emoções", ela me diz.

Naquela mesma semana, na Escola nº 18 Santa María de Buenos Aires, em Ramos Mejía, a direção organizou uma cerimônia para Santiago e Nicolás. Num pátio coberto no térreo, os alunos do quinto ano fizeram uma espécie de labirinto com papelão e papel espelho que lhes tomou muito tempo e esforço. Entrava-se na estrutura e caminhava-se por ela como um museu. O que havia para ver eram imagens dos colegas de todas as séries daquele ano, fotos no recreio, numa excursão, numa reunião do centro estudantil. Nessas fotos estava Julia, e quem a abraçava com carinho era Santi, e quem a empurrava com uma risada cúmplice era Nicolás. As fotos eram muitas, tantas que quem entrasse no labirinto e não conhecesse ninguém, poderia ficar tonto.

Julia se animou a entrar. Naqueles dias, não podia dizer não a nada: sentia que tinha de acatar tudo, tinha de estar presente em tudo. Era a culpa operando. Ela caminhou pelo labirinto, mal sorriu, não derramou uma lágrima. No fim do labirinto, tinham juntado duas fotografias gigantes de Santiago e Nicolás. Ao seu redor, como um santuário, todos podiam assinar o que quisessem. Julia ficou quase uma hora olhando para aqueles rostos ingênuos e incrédulos, tão cheios de vida que davam raiva.

Só no dia 13 de janeiro é que Julia telefonou para sua mãe na Costa Atlântica para contar o que acontecera. "Como você não me ligou antes?", a mulher gritou. Julia lhe devolveu a pergunta. Houve um silêncio interminável ao telefone. Ao longe era possível ouvir o mar, mas também o trem que passava pelos trilhos de Ramos Mejía.

Agora Julia tem trinta anos e vai morar em outro país. Não quer voltar, não quer mais falar castelhano. Veste uma jaqueta jeans e calças de gabardine pretas, está de óculos e com os cabelos, longos e pesados, penteados para trás. Liga a tela da tevê oferecida pela companhia aérea de longa distância e respira fundo. Procura filmes de ação. Carros que se chocam, saem voando e depois pegam fogo. Atores que saem ilesos, caminham numa calçada reta e olham para a câmera, dando uma piscadela.

9.
JOAQUÍN E NAHUEL

Silêncio entre músicas

Joaquín e Nahuel eram amigos de shows e de curso. Eles se sentavam juntos no bacharelado pedagógico de três anos do colégio Normal 1 Roque Sáenz Peña. Não hesitaram em comprar ingressos para todas as apresentações dos Callejeros. Tinham quinze anos e assistiriam aos três shows da República Cromañón, porque isso era o que eles faziam. Eram aqueles que dominavam a rua. Os noturnos.

Na noite de terça-feira, 28, eles se encontraram duas horas antes na casa de Mauri, outro colega de classe, que ficava perto da praça Miserere. A mãe de Mauri nunca estava em casa, portanto os garotos tinham o espaço todo para eles. Havia um quintal nos fundos que dava a sensação de estar longe, viajando numa ilha do Tigre, perto do rio Paraná. Também havia um quarto nos fundos, que Mauri usava para tocar bateria quando queria ficar sozinho — embora para Mauricio Viñes estar sozinho fosse algo habitual: sua mãe era comissária de bordo; sempre que podia, trazia perfumes de viagens, então no armário de remédios da casa havia muitos frascos coloridos com fragrâncias especiais. A mãe aeromoça comprava os frascos para marcar sua presença, ficava um tempo em casa e depois levantava voo de novo. Muitas festas eram realizadas naquela casa, com cerveja Quilmes, Fernet Fernando, vinho de caixa, maconha, cigarros, chocolates, doces Butter Toffees, tevê ligada num canal a cabo, outra tevê conectada a dois *joysticks* de Playstation.

Na noite de 30 de dezembro, Joaco e Nahuel tocaram de novo a campainha da casa de Mauri e ele abriu a porta com um aspecto cansado. Três dias seguidos vendo os mesmos rostos, matando hora e se embriagando para caminhar até o número 3000 da Bartolomé Mitre. Nahuel estava com dor de garganta e os olhos vermelhos.

Os três amigos se jogaram no sofá da sala para ouvir *Rocanroles sin destino*, o álbum que seria apresentado naquela noite. A terceira música do disco tem uma introdução com violinos, e o refrão sentencia: "*Sería una pena que un día me dieras por muerto y te helaras las venas, y me dejaras un tajo en la cara y un viaje al dolor por condena*".[9]

— Como vão fazer pra pôr os violinos no palco? — Nahuel perguntou.

— Não faço ideia. Acho que eles não vão tocar violinos nesse palco minúsculo — respondeu Joaco. — A Cromañón já ficou pequena para esses moleques.

— Quantos violinos são?

— Três.

— Como você sabe?

---

[9] "Seria uma pena se um dia você me desse por morto e suas veias congelassem, e me deixasse um corte no rosto e uma viagem à dor como sentença."

— Sei lá. Falo de ouvido.

A canção continua: "*Sería una real pena, no volver, no volver a tocarte otra vez*",[10] e os violinos se fundem em algo que nem Nahuel, nem Joaco, nem Mauri entendem, mas soa bem. Eles terminam a quarta cerveja e saem ao calor da avenida Rivadavia.

Ao lado da porta da discoteca Cromañón há um abrigo temporário. Os três amigos sentam-se para tomar uma cerveja e fazer hora ali. Naquela tarde de quinta-feira, há muitas pessoas na praça Miserere. Muita gente. Quando veem um casal saindo do abrigo, gritam coisas para eles e se escondem um atrás do outro. O casal olha para aquelas crianças sem vestígios de barba ou bigode, os músculos dos braços ainda incipientes, e sentem pena ou acham graça. Talvez não sintam nada. Os três amigos riem tanto que deixam a bebida cair na calçada. Há uma trilha de cerveja quente derramada no número 3000 da Bartolomé Mitre. Um rio falso.

Às nove da noite é hora de ir para a fila, pela terceira vez consecutiva, para entrar e ver a banda favorita de novo. Terça, quarta e quinta-feira.

Naquela noite, a revista policial dura mais do que as anteriores. Tocam neles, apalpam-nos, fazem-nos tirar os tênis. O excesso de zelo chama a atenção deles. Uma vez lá dentro, Mauri avisa que vai para o piso de cima para ter uma vista privilegiada. Naquela noite há o dobro de gente das noites anteriores. Nahuel e Joaco jamais escolheriam assistir ao show de longe. Não há nada como se sentir literalmente aos pés de um músico, estendendo a mão e sendo capaz de tocar o cadarço dos seus tênis.

O show começa cedo e termina cedo também.

10 "Seria uma verdadeira pena não voltar, não voltar a tocar em você."

A última coisa de que eles se lembram é de subir ao palco juntos. A energia já tinha sido cortada. Ao seu redor, um núcleo de pessoas grita. Eles se agacham atrás da bateria acústica com pratos. Estão muito perto dos instrumentos dos seus ídolos, mas o entusiasmo não existe. Permanecem em silêncio. É difícil respirar, cada vez mais difícil.

Eles dizem em uníssono: "Vamos esperar".

10.
NAHUEL

Arrume-se agora, que você está vivo

Subo num elevador prateado com Nahuel e o silêncio é nosso companheiro. Os números vermelhos sobem demasiado rápido no painel e olhamos para eles enquanto tentamos encontrar urgentemente algo a dizer. Por fim Nahuel nos resgata, heroico.

Ele me diz que está indo viajar.

— Você vai embora pra sempre? — pergunto.

— Sempre? Que exagero.

Rimos. No espelho do elevador se refletem nossas bochechas rosadas. Nosso sangue circula e nossas cabeças se juntam.

Numa terça-feira, ao meio-dia, Nahuel saiu correndo de um bar. Correu o mais rápido que lhe permitiram as pessoas que passavam. Pode ser estranho ver gente chorando ou correndo por avenidas no meio da tarde. Nahuel avançou até ficar todo suado para escapar daquele bar, onde sua mãe ainda estava sentada tentando entender a raiva perpétua do filho. Correu até que uma garota de cabelos bem curtos estendeu um braço para ele.

— Nahuel? É você?

Eles se encararam. Era a médica do hospital Ramos Mejía. Era o ano de 2005.

Nahuel está com os olhos cravados na janela da sala de estar. Parece estar dormindo, mas mesmo assim fala. "Eu gosto de processamento de sinais e processos digitais de áudio. Isso não existe aqui. Quero crescer, encontrar meu lugar, não me sentir substituível. Sentir-me mais único ou especializado. Agora fui contratado por uma empresa de áudio imensa. Não vou embora para sempre, mas não sei quando vou voltar."

O cachorro do vizinho de cima anda de lá para cá, dá a sensação de estar na sala conosco. "Não se preocupe, depois de um tempo você se acostuma com isso", diz Nahuel.

"Eu estava brigando com minha mãe num bar, num dia como o de hoje. Minha mãe é psicóloga, e acho que nós, filhos de psicólogos, somos um pouco loucos. Saí do bar andando rápido e depois comecei a correr. Tinham se passado cinco meses desde a Cromañón, eu podia dizer que estava fisicamente recuperado. Quando as aulas começaram, em março, minha voz sumiu, como se a traqueia soubesse. Passei dois meses sem voz, falando aos sussurros. Todo mundo tinha que ficar em silêncio quando eu falava, e isso era bem chato. Não tinha capacidade de gritar ou atrair a atenção. Havia muitas coisas que não se sabia como iriam continuar. Ninguém sabia ao certo se eu podia desmaiar, se veria embaçado, se podia perder a memória ou de repente parar de respirar. Eu tinha que ir ao médico toda semana para fazer exames. Nunca mais vi um médico com tanta frequência, felizmente.

"O que eu estava contando? Ah, sim. Eu estava correndo pela avenida Córdoba com as pernas recém-recuperadas. Parei num semáforo e uma garota de cabelos curtos ficou olhando para mim. Senti que a conhecia, mas não conseguia me lembrar de onde. Foram alguns segundos um pouco estranhos. Por fim, ela falou comigo, me disse que tinha me recebido no hospital. Ela me contou a cena que eu havia perdido: meninos e meninas no parque arborizado de Ramos Mejía, com cartazes pendurados no pescoço que detalhavam a gravidade dos seus ferimentos. Eu estava no pior grau. Tinha um olhar vidrado, acho que se diz assim, não me chegava oxigênio para o cérebro e eu não respondia a estímulos. Ela se ocupou de mim com exercícios respiratórios e cardiovasculares. Parece que fizeram efeito rapidamente e eu comecei a respirar sozinho de novo. Ela me disse que o médico-chefe a apressava, mas ela insistiu em ficar comigo até que eu me sentisse melhor. Decidiu me entubar, por precaução, e procurou o anestesista. Ela me disse que o encontrou exausto, chorando inconsolavelmente numa maca vazia. O número de meninos e meninas que já haviam morrido não lhe permitia fazer mais nada. O cara não conseguia se mexer, estava em pânico, então ela abortou a ideia de me entubar e me deixou num respirador.

"Dentro de uma hora, mais ou menos, recuperei a consciência e comecei a falar. A partir daí começam minhas memórias: encontro-me numa das salas da emergência, de mosaicos azuis ou brancos, sentado numa maca com metade do corpo paralisado. Vomito um líquido preto num balde com mais líquido preto que eu não sei se pertence a mim, como uma geleia do diabo. Minhas unhas e todo o corpo estão manchados de preto. Por alguma razão, compreendo a situação quase de imediato. A médica vem me ver constantemente. Dou a ela meus dados e o número do celular do meu pai, que era o único que eu lembrava de cor. Ela estava sempre com pressa, eu me lembro disso. A penugem da sua testa, ao redor das orelhas, transpirava.

Ela não usava mais avental. Estava com a roupa suja, como se tivesse acabado de praticar um esporte.

"Meu pai chegou muito rápido porque estava me procurando naquele mesmo hospital quando ligaram para ele. Puro acaso. Toda a minha família se distribuíra em diferentes hospitais. Inacreditável que ainda fosse de noite. Um noturno eterno, como se fosse um videogame de casas assombradas. Perguntei ao meu pai sobre o Joaquín, mas ele não sabia de nada. Estava com um olhar de bebê assustado que eu não conhecia. Vinha de três rondas de reconhecimento no necrotério judicial e me disse que no pátio de um dos hospitais, sob o luar, ele tinha visto uma fila de corpos jovens deitados de bruços e sem tênis. Parece que ouviu o toque de um celular, mas não encontrou de onde vinha, e instantaneamente ouviu outro toque. *As quatro estações* de Vivaldi, a *Sonata noturna* de Beethoven e assim por diante.

"Depois de algumas horas, chegou a ambulância para me levar ao Instituto Argentino de Diagnóstico e Tratamento. Lembro-me pouco da transferência, como se estivesse num estado de febre alta. Acho que minha mãe já estava conosco. Quando cheguei ao Instituto, adormeci profundamente. Passei dois dias na UTI com uma máscara de plástico verde. Tinha cheiro de piscina misturado com remédio para as contrações da pele, algo assim. Acordei quinze dias depois, com a consciência parcial. As drogas ainda estavam fazendo efeito. Tive alucinações e comportamentos meio depravados. Eu me apaixonava loucamente pelas enfermeiras.

"Naquela tarde, a médica e eu conversamos a vinte metros da porta do meu colégio. Eu não estava preparado para a enformação que ela me deu. Perguntei se ela sabia quem havia me tirado da Cromañón, mas ela não tinha ideia. Essa parte da história é a que me falta.

"Sei que desmaiei num dos piores lugares em que eu poderia estar, na pista de dança, e fui um dos primeiros a serem tirados de lá. Também fui um dos primeiros a serem atendidos no hospital. No meio de uma catástrofe, também se pode ter sorte. Suponho que para a médica deve ter sido impactante me ver naquela tarde tão vivo, correndo pela avenida Córdoba. A cada três frases, ela repetia: 'Nahuel, que incrível. Nahuel'. Despedimo-nos com um abraço que me deixou sentir o cheiro do seu perfume. Não perguntei o nome dela.

"Quando aconteceu a Cromañón, eu era um menino, é por isso que me recuperei tão rápido. Como os bebês, que dão com a cabeça no canto de um móvel e nada acontece com eles. São de borracha. Se algo assim ocorresse comigo agora, não sei o que aconteceria. O coração não reage mais da mesma forma.

"Quando saí do Instituto de Diagnóstico, decidi ir para a casa da minha tia, que era um lugar mais neutro. Na casa da minha mãe e do meu pai estava tudo muito tenso, então essa parecia ser uma boa solução imediata. Mas não foi tão bom assim. O conflito continuou. Eu sou filho único, sabe? Tenho tudo a perder."

Nahuel fica em silêncio e eu também. O cão continua se mexendo lá em cima. "Eu convivo com esses barulhos", ele me diz e sorri.

"Tomava a mesma quantidade de remédios que um velho em idade avançada. Pílulas para os nervos, por exemplo, porque foram danificados. A anestesia que me deram para a entubação foi muito forte. Você relaxa completamente os músculos para não se mexer nem sentir dor. Você está a um passo do coma induzido. Esse relaxamento prolongado destruiu os 'dendritos', que são responsáveis por receber os impulsos de outros neurônios e enviá-los para a soma do neurônio.

Os dendritos nascem como extensões numerosas e ramificadas do corpo celular. Visto de um microscópio, é como a ramificação de uma árvore muito fraca e muito desfolhada. E eles não são totalmente recuperáveis, porque em vez de ter cem eu tinha dez, por exemplo, e isso me fez perder a sensibilidade. Quando eu tinha dezesseis anos, já estava com o sistema nervoso danificado. Agora ainda está, mesmo que você me veja tomando chimarrão e não perceba.

"Eles começaram a fazer miografias para verificar quimicamente a perda substancial de sensibilidade. Era um estudo espantoso, viu. Eu estava numa roda-viva em que me tiravam sangue todos os dias, me furavam, me levavam, me traziam. Uma coisa a mais não podia me incomodar.

"O estudo se baseava em me dar choques elétricos para que o músculo se contraísse. Também me picavam com uma agulha, movimentando-a dentro de mim para descobrir em que ponto do nervo se estava recebendo o impulso elétrico. Então eles podiam saber com certeza quanta eletricidade poderia passar através desse nervo, quanta eletricidade você poderia realmente sentir. É a coisa mais dolorosa que me lembro de ter vivido.

"Eu também tomava medicação para recuperar meus dendritos e tinha que ir três vezes por semana para a reabilitação, principalmente nas mãos, para recuperar a sensação nos músculos menores. Eu também estava tomando medicamento para tirar muco dos pulmões, e não lembro o que mais. Minha mesinha de cabeceira transbordava de cartelas de remédios e eu era um robô, peças de Lego sendo montadas e desmontadas.

"Vi o Joaquín novamente assim que ele saiu da internação. Foi algum tempo depois que eu saí, justo no dia do aniversário dele, na primeira semana de fevereiro, quando também tinha sido o meu. Nós dois somos de Aquário e tínhamos completado dezesseis anos. Eu ainda estava afônico. Ele não. Ele estava mais detonado fisicamente do que eu, mas tinha voz. Havia muita gente naquele 'aniversário de boas-vindas'. O pai do Joaquín tinha feito churrasco e eu mal comi. Nós dois estávamos muito fracos. Ficamos sentados a tarde toda numas espreguiçadeiras, como um casal de aposentados em Mar del Plata. Quase não conseguíamos rir das piadas. Às vezes, o riso também podia ser doloroso, então pedíamos que eles maneirassem com as brincadeiras. O Joaquín me passou uma garrafa de Coca-Cola que estava meio cheia e, quando fui pegá-la, deixei cair. Esquecia que não tinha força, o tempo todo eu esquecia. Senti tanta vergonha que fiquei vermelho. A mãe do Joaco me abraçou como se eu também fosse seu filho. Citou-me a frase de uma música do Miguel Abuelo de que não me lembro agora.

"Uma hora depois, meu pai me pegou e me levou de volta para a casa da minha tia. Era hora da medicação da tarde e do sono profundo.

"Naquela época, caminhávamos dentro de casa. Não nos era permitido sair muito na rua. Quando o médico liberou, eu podia andar primeiro um quarteirão e na semana seguinte talvez dois. Aproveitava para ir à quitanda buscar coisas que faltavam em casa. O verdureiro se acostumou que eu lhe falasse aos sussurros. Construímos um bom código. Acabamos nos tornando amigos. As poucas pessoas ao meu redor naqueles dias acabaram entendendo. Tudo era tão devagar. Você tinha que se acostumar com a deficiência, mas eu me esquecia o tempo todo. Ok, não posso comer. Eu pego a colher e meu braço inteiro treme. Ok, têm que me dar água com um canudo. Ok, tenho que pedir para me acompanharem até o banheiro. E assim por diante.

"O chocante de começar as aulas foi que todo mundo vinha me perguntar. Sim, eu era o cara que tinha estado na Cromañón. Tive que me acostumar a contar a mesma história o tempo todo. Eu encurtava porque me aborrecia dizer sempre a mesma coisa: 'Desmaiei, não vi nada. Ouvi algo, mas quase nada. Estou bem. Fim'.

"Eu estava começando o quarto ano. Os médicos tinham me dito que eu não podia ir para a escola sozinho, tinham que me levar de qualquer jeito. Havia muitas coisas que a equipe médica não sabia muito bem. Como o Nahuel iria responder neurologicamente? No início, estavam com medo. Não ter certeza assusta muito os médicos.

"Na primeira semana de aula me levaram e me trouxeram da escola todos os dias, até os professores e professoras me tratavam de forma especial. Confesso que eu me aproveitava um pouco do meu estado. 'Não posso fazer educação física porque estava na Cromañón', dizia, e voltava para casa. Os meninos tinham que ir a um centro esportivo do lado de fora da escola, debaixo de uma rodovia, no bairro de San Telmo. Eu queria evitar a todo custo que meu pai me esperasse num bar enquanto eu observava, sentado num banco, os outros jogando futebol. Mas era inútil."

Nahuel continua a olhar pela janela da sala de estar e brinca com o chimarrão. Ele o passa de uma mão para a outra, um eterno passe de mãos. Ele se esquece completamente de continuar o circuito. O cachorro do vizinho não para de zanzar no piso.

"Nos aniversários, sempre passo pelo santuário do número 3000 da Bartolomé Mitre. Para mim é importante estar naquele quarteirão e me conectar com isso de vez em quando, porque senão, de uma forma ou de outra, ele acaba aparecendo.

Recentemente, percebi que simpatizo muito com sentimentos de dor materna. Qualquer mãe desesperada por seu filho me faz chorar imediatamente, é como um gatilho. Sejam elas dores fingidas ou reais, em filmes ou noticiários, mesmo em mulheres que repreendem seus filhos ou filhas na rua para não atravessarem sem dar as mãos. Essa angústia me desmorona. Não sou uma pessoa que chora muito, mas isso é extraordinário. Não entendo por quê, mas acontece comigo. Suspeito que sinto uma conexão imediata com as mulheres que perderam seus filhos naquela noite."

Atrás de um sofá de três lugares, Nahuel escondeu um teclado portátil, um *djembé*, um violão clássico e um amplificador. Pergunto-lhe por que os tem.

"Tenho esses instrumentos porque gosto deles. Tocava violão e percussão. Estudei bateria, mas recentemente a vendi para ir morar fora. Vou dar o violão para minha mãe, ou você está interessada?"

Nossas bochechas se avermelham de novo.

"Eu me reunia de vez em quando para tocar com os amigos, achei que você soubesse. Estudei dos sete aos doze anos e retomei aos dezesseis, quando me recuperei totalmente. Entrei num grupo de tambores e me dediquei à percussão. Eu tocava candombe. Depois parei de tocar em bandas. Gostava mais de ouvir de fora, de mergulhar no som."

Nahuel prepara mais água para o chimarrão, embora confesse que não pode beber muito quente, pois não é uma boa ideia queimar a garganta, a laringe, o esôfago.

"Se estou andando ou dentro do táxi e ouço os Callejeros, as imagens instantaneamente aparecem na minha cabeça e eu fico angustiado. Peço ao taxista que mude de estação sem pensar duas vezes. Para mim não é música, é um barulho irritante."

11.
JOAQUÍN

Milagrezinho

São sete da manhã de uma segunda-feira de março de 2005. É o início das aulas no Normal 1 Roque Sáenz Peña, na avenida Córdoba, em frente ao edifício das Aguas Argentinas, cheio de mosaicos coloridos de todos os tamanhos e formas. São sete da manhã e está começando a fazer muito frio. O dia acabou de despontar completamente. No pátio, fileiras de adolescentes observam a bandeira argentina subindo pela corda de plástico. Duas meninas de calças jeans e camiseta se reúnem num ritual elementar que as torna porta-estandartes do primeiro dia. O pescoço de todos os adolescentes se eleva enquanto o céu despeja a potência de março.

Nicolás é o diretor do centro estudantil. Ele está quase sempre afônico, e tem um tique nervoso que o obriga a tocar constantemente a garganta, como se a partir desse controle de comando ele pudesse consertar alguma coisa. As meninas de jeans deixaram a bandeira a meio mastro e voltaram à fila. Agora Nicolás pede a palavra, acena com os braços para que ninguém se desconcentre. Não é ele quem grita pedindo ordem, é Alicia, a vice-presidente do centro estudantil. O movimento dos braços de Nicolás denota liderança, mas ele não fará nada mais do que isso. É Alicia quem está encarregada de falar.

Muitos adolescentes estão cientes do que está acontecendo, mas muitos outros não, sobretudo os mais jovens. Nos alunos do primeiro ano se nota certa atitude pré-púbere: puxam os cabelos, contam segredos uns aos outros, pisam nos tênis novos. Mas lá está Alicia pedindo silêncio, e ela consegue, faz-se silêncio total porque os meninos do segundo ano em diante não estão para brincadeiras. Têm os olhos turvos, como se ainda estivessem digerindo um pesadelo.

Quando Nicolás cumprimenta seus companheiros, faz-se silêncio. Pensa no que vai dizer. Confiou demais no seu poder de improvisação e agora rememora, mais uma vez, todas as imagens que viu na televisão, as histórias dos seus amigos, os temores dos seus pais. Toma a palavra e tudo o que ele consegue fazer é pedir um minuto de silêncio. Exceto pelos mais novos que ainda riem um pouco, os outros o atendem. As autoridades do Normal 1 se aproximam do pátio aberto e também fazem silêncio, assim como a mulher que fica na cantina e as meninas do xérox, o homem e a mulher encarregados da manutenção, a psicopedagoga, os professores que vão chegando, entre sonolentos e cansados, o homem que trabalha de segurança na porta. Nas janelas do edifício novo da estrutura do Normal 1 Roque Sáenz Peña pode-se ver como pouco a pouco as crianças do ensino fundamental vão se assomando. Mais e mais cabeças estão inclinadas para fora das janelas. Elas sabem de alguma coisa, suspeitam. A janela do ensino fundamental está cheia de curiosos que olham sérios para baixo, aquele pátio aberto em que um grupo muito grande de adolescentes e adultos crava os olhos no chão, em silêncio. Todo o colégio está lá, acompanhando a bandeira a meio mastro. Ninguém fala, ninguém se atreve, ninguém poderia sequer tentar. Por fim Nicolás olha para o relógio e agradece a todos por pararem um momento para pensar nos companheiros que não estão mais lá. Quando termina de falar, caminha diretamente até um menino que estava lá o tempo todo, vestindo uma camiseta dos Callejeros, olhando para a parede. Seu nome é Joaquín e ele parece paralisado. Quem o conhece percebe que está mais magro do que antes, mas ainda mantém as costas retas, os olhos azuis, os tênis de lona. Usa argolas nas orelhas, seus dedos estão cheios de anéis de coco, de metal, e seu olhar é o mais desorientado em todo o pátio aberto do colégio Normal 1 Roque Sáenz Peña. Alguém ordenou que ele ficasse ali, como homenageado, e ele ficou. Agora Nicolás abraça seu amigo Joaquín com força, e todos os adolescentes, os professores, os adultos, as crianças do ensino fundamental, os que estão na cantina, todos olham para eles. Nicolás e Joaquín trocam um abraço magnético. Grupos de adolescentes começam a se desconcentrar para voltar à sala de aula. Os professores tentam dar ordens que se perdem um pouco no vento do fim do verão.

Nicolás faz força, porque demonstrar fraqueza na frente dos outros não é próprio de um presidente do centro estudantil, mas ainda assim seus olhos se enchem de lágrimas. Eles ficaram sozinhos no pátio e o pranto de Nicolás é abafado. Da cantina vem o barulho da máquina de café. O burburinho das salas de aula já começou. Joaco continua a receber o abraço e Nicolás não o deixa ir. Naquele dia, todos descobrem como a ideia de sobrevivência tomou forma em Joaquín. Ninguém quer deixá-lo ir.

Depois de uma pausa, vêm os passos para as salas de aula, mesmo que o silêncio continue. Tênis de muitas marcas riscam o piso de granito da escola. Há também bocejos.

Na primeira classe há uma linha infinita de números numa lousa verde. O professor já em idade avançada, magro, olha de relance para Joaquín de vez em quando, tentando sorrir, fingindo que estar naquela sala de manhã também pode ser um ato divino. A aula de matemática parecerá eterna. Algumas meninas e meninos tomarão nota, outros compartilharão comentários sobre um programa de tevê da noite anterior, no qual um casal de dançarinos caiu no chão com seu traje de plumas. Joaquín tentará prestar atenção no solilóquio da matemática, mesmo que seja inútil: ele sente que, lá fora ou aqui dentro, alguém deixou a música num volume muito alto. Ele quer que alguém a desligue, por favor, que a guitarra elétrica, o baixo, a bateria façam silêncio. É inútil. Uma vez incorporada, essa música não para.

"Acordei em 15 de janeiro de 2005 numa cama do Instituto del Quemado, em Buenos Aires, depois de uma longa série de sonhos que pareciam uma espécie de luta entre a vida e a morte, como ilustrações de um livro infantil de capa dura. O bem, o mal. Sonhos paradisíacos em que me ofereciam de tudo e eu rejeitava, pedindo para voltar à minha casa. No dia 14 de janeiro, tiraram minha anestesia e eu reagi com uma violência totalmente inconsciente. Aprendi que isso poderia acontecer: a violência sem pensamento. Naquele dia quiseram me fazer uma traqueostomia porque eu reagia mal a tudo e meu médico achou que eu estava morrendo. No entanto, no dia seguinte, fui encontrado acordado e falando sem sequer uma disfonia. Os corpos jovens se curam mais rápido.

"A primeira coisa de que me lembro é do dr. M entrando no quarto. Eu não o conhecia, achava que era um homem vestido de branco: um professor, um aluno. Ele olhou fixamente para mim, como no clímax de uma novela. Quando notou que eu estava acordado, seus olhos se encheram de lágrimas; aquele que eu imaginava professor ou aluno não queria ser descoberto naquele estado de fraqueza, então saiu ligeiro através da mesma porta pela qual havia entrado. Lá a enfermeira, a quem eu chamava de *Rosita* porque estava sempre de avental rosa, me disse quem ele era e o que tinha feito por mim.

"Passei mais dois dias na terapia intensiva e fui transferido para a semi-intensiva. Naqueles dias, muitas pessoas me visitaram. Foi um momento de felicidade. Todos eles estavam lá por mim, como um eterno aniversário: amigos do colégio Normal 1, do clube Ferro Carril Oeste, da minha escola primária. Eu podia falar pouco, mas bastava olhar para eles, concentrar-me nos detalhes.

"Meu pai me dava banho. Ele me ajudava a sair do chuveiro e me envolvia em toalhas brancas. Eu me sentia muito pequeno, cada vez mais. Assistia a desenhos animados na tevê. Eles me davam banho, cozinhavam o que eu pedia, riam das minhas piadas. Eu dividia um quarto com pessoas muito queimadas também. Lembro-me dos gritos de um homem de sessenta anos por causa da dor dos enxertos de pele.

"Os médicos me chamavam de *Milagrezinho* e eu insistia em que me dessem alta porque me sentia bem. Os corpos jovens se curam mais rápido.

"Estava começando a andar de novo. De manhã, minha mãe ou meu irmão me levavam para dar uma volta no pátio, para começar a agilizar o fortalecimento da musculatura. Um médico me disse que nessa idade a recuperação é tão rápida que eu não tinha com que me preocupar. Havia também tantas coisas, tantas imagens circulando que não havia uma em particular que me preocupasse mais.

"Foi no final de janeiro, no meu décimo sexto aniversário, que voltei a me encontrar com o Nahuel. Ele veio me visitar. Seus pais o trouxeram porque ele sozinho não conseguia fazer nada. Estava com raiva, não aguentava mais que lhe dissessem o que fazer. Eu achava engraçado, mas não conseguia rir muito porque ficava sem fôlego. A alegria tinha que ser expressa só com um sorriso. Fiz meus dezesseis anos deitado na cama. Quando quis abrir o pacote de alfajores, não consegui, tive que pedir ao Nahuel, mas ele também não conseguiu. Também achamos isso engraçado. Não nos víamos havia quatro meses. Quando acordei, depois de quinze dias de coma induzido, o Nahuel apagou. Eram nossos corpos que estavam desencontrados."

Depois de sete anos sem se verem, Nahuel chega à casa de Joaquín, no bairro de Colegiales. Traz doces sortidos, suspeita que seu amigo ainda gosta deles. Na parede da casa de Joaquín há uma enorme foto de uma menina de quatro anos segurando um tronco de árvore. Joaco conta a Nahuel que sempre gostou daquela foto e a ampliou numa impressora para decorar a sala de estar. Joaco prepara chimarrão enquanto Nahuel caminha pela casa e descobre uma churrasqueira no fundo do quintal. É um artefato relativamente novo, ainda pouco usado. Nahuel se aproxima lentamente e olha para ela. Conhece um pouco de churrasqueiras, das saídas de fumaça e ventilação. Volta à cozinha e observa Joaco se movimentando na sua própria casa:

— Você instalou um piso à prova de fogo na churrasqueira?

Joaco olha para ele e ri. Ambos começam a rir ao mesmo tempo.

— Somos dois bestas — diz Joaco.

Em 2006, o telejornal de Santo Biasatti do Canal 13 de Buenos Aires convidou Joaquín para uma entrevista. Ele concordou. Joaquín tem uma relação muito fidedigna com a palavra. Encontra facilmente a maneira de transmitir uma mensagem.

Às sete da noite, ele apareceu com seu pai na porta do canal e os dois foram convidados a entrar, com uma condescendência imediata. Esperaram sentados numas poltronas que algum produtor foi buscar para eles. Emilio, o pai de Joaquín, estava atordoado com tantas mesas de vidro e vasos, imensas televisões de tela plana, mulheres e homens ocupadíssimos. Ele estava na antessala da cozinha onde se fabricava tudo aquilo que ele se sentava para ver todos os dias, na sua sala de estar em Devoto. Uma mulher com muitas pastas e folhas procurou Joaco e deixou-o na sala de maquiagem, onde lhe passaram pó para tirar todo o brilho do seu rosto. Convidaram o pai para observar seu filho através de monitores na sala de edição. Quando veio o terceiro bloco, o jornalista lançou as perguntas clássicas que eram feitas a um sobrevivente naquele momento: do que você se lembra, como você se sentia, como você se sente, como é possível seguir em frente depois disso. Emilio não tirou os olhos da tela que mostrava seu filho de dezesseis anos projetando as respostas mais perspicazes que podia imaginar. Quando o entrevistador lhe perguntou que lembranças ele tinha daquela noite, Joaquín respondeu aquilo que o jornalismo não tolera: nenhuma.

O programa terminou dentro do horário, os apresentadores, muito sérios, tomaram água. Joaco não quis. Passou pelo banheiro para tirar um pouco da maquiagem. Mal se olhou no espelho e saiu. Estava magro, mais magro que nunca. Emilio o recebeu com um abraço na sala improvisada do estúdio.

Antes de deixar o prédio, Emilio perguntou aos produtores do programa sobre uma imagem que ele tinha visto num celular que passou na noite de 30 de dezembro. Ele não tinha certeza, mas suspeitava que o menino vestido de couro e calças de moletom pretas que levavam numa maca poderia ser seu filho. A camiseta de Joaco havia sido abandonada lá dentro, depois que ele a tirou para colocá-la na boca e tentar filtrar a fuligem que estava respirando. O produtor respondeu que eles passavam imagens de arquivo e que não havia um corte específico, mas que se quisessem poderiam ficar e assistir a tudo sem cortes. Emilio respondeu instantaneamente que não, mas Joaquín quis ficar. Ele não tinha lembranças daquela noite e precisava ver se descobria o momento exato em que o levaram, ou Nahuel, ou outros amigos. Ele precisava olhar para tudo o que o canal pudesse lhe oferecer.

Pai e filho sentaram-se juntos numa sala cheia de monitores desligados, exceto um. Já eram dez horas da noite. Um homem com fones de ouvido de uma cabine de som perguntou se eles estavam prontos e Joaco disse que sim. Pai e filho olharam para cerca de duas horas de material bruto onde corpos queimados se confundiam com o preto da calçada, do céu noturno, dos uniformes da polícia. Os dois funcionários da ilha de edição do canal aproveitaram o momento para comer. Enquanto conversavam, eles podiam ver o rosto concentrado do adolescente na tela. Joaquín tinha certeza de que ver tudo poderia ser útil. O que não sabia era para quê.

As imagens se projetavam em movimento acelerado, caso contrário eles poderiam ter levado dias. E, no entanto, a imagem a que Emilio se referiu não apareceu, e Joaco não conseguiu encontrar ninguém que se parecesse com ele mesmo. Era estranho procurar por si mesmo num vídeo num momento em que ele não estava consciente. Parecia o resíduo de um pesadelo após outro e outro e outro.

Depois de duas horas, Emilio disse que já era suficiente e Joaquín concordou. Os funcionários do canal desligaram o único monitor. Pai e filho saíram do prédio depois de trocar abraços com desconhecidos e desconhecidas. Eles só não assistiram a uma fita.

12.
JOAQUÍN II

Tenho 29 anos agora

Joaquín usa óculos escuros mesmo que o dia esteja nublado. Ele caminha com um ar confiante e sorri com muita frequência, como alguém que anda com leveza. Estamos dentro de um bar que retumba como uma discoteca. A única coisa que o diferencia do escândalo noturno é que as pessoas ao nosso redor tomam café. Na mesa ao lado, um grupo de psicólogos e psiquiatras faz sua ronda semanal de supervisão.

— Aquele que está sentado ali é meu terapeuta — diz ele.

Respondo que não posso acreditar. Que, se ele quiser, podemos ir embora. Joaco sorri mais uma vez e pede ao garçom um café com leite, novamente com a firmeza de alguém que trabalha em uma ONG defendendo o ecossistema.

"Depois da Cromañón, conheci a Sole e tivemos um belo relacionamento. Ela foi o amor e a descoberta de outra música. Mas não falo dessa parte quando conto minha história. Conto a guerra. E acho que preciso voltar lá para sair dela. Como fui tirado da discoteca inconsciente, a última lembrança que tenho ainda está lá dentro. Uma parte do telão do palco caiu nas minhas costas, fiquei muito tonto, caí e desmaiei.

"A certa altura, escrevi ao meu advogado para ver se havia alguma possibilidade de entrar na Cromañón agora, treze anos depois. Uma semana depois, ele respondeu que era um trâmite muito complicado e que não sabia se ia me fazer bem. Eu disse a ele para me deixar resolver isso com meus terapeutas. Depois de algumas idas e vindas, negou meu pedido categoricamente. Disse que estava cuidando de mim.

"Sabe de uma coisa? Escrevi uma carta ao papa. Eu queria ver se, de repente, poderia vê-lo. Quando fui hospitalizado, Bergoglio veio me ver. Naquela época ele não era papa, ele veio ver todos nós que fomos induzidos a um coma farmacológico. Poucos dias depois, acordei e soube que a notícia da minha recuperação havia chegado a Bergoglio, com muita surpresa da sua parte, porque para ele eu era um caso muito difícil. Na semana seguinte, minha mãe me disse que Bergoglio, que na época era capelão, queria me convidar para uma leitura na primeira missa que foi feita pela Cromañón na Catedral. Eu não sabia se deveria dizer sim, a verdade é que nunca fui muito religioso, mas meus pais me convenceram. Em 30 de janeiro de 2005, lá fui eu. Estava com uma camiseta do Club Ferro. Eu tinha dezesseis anos, um rolinga típico com jeans rasgados, tênis Topper e uma argola gigante. Assim vestido, li o Evangelho.

"Muitos anos depois, viajei para Roma numa ação da ONG em que trabalho e então me ocorreu lhe escrever. Eu disse isso a ele para ver se lembrava de mim. Fui duro na carta, censurei-o pelas injustiças da Igreja e falei de mim, o quanto me sinto para baixo. A verdade é que eu não queria escrever a ele porque tinha muito a censurá-lo como chefe daquela instituição católica, mas depois escrevi sim. Num ponto da minha vida, ele foi alguém muito especial. Quando ele rezava missa, eu ia vê-lo. Ele veio me visitar e alguns dias depois acordei do coma quando, na realidade, o prognóstico era outro. Espero que algum dia ele me responda essa carta."

As xícaras se chocam com os pires de café neste bar do centro da cidade. Faz-se um momento de silêncio e tenho um lampejo na memória: Joaquín caminha abstraído, como a ponto de ser abduzido por uma nave alienígena, pelo pátio aberto do segundo andar do colégio. Olha para cima e para a frente. Não fixa os olhos em lugar nenhum. Ele usa tênis Topper estilo rolinga e anda sozinho, mais por aborrecimento do que convicção. Passo ao seu lado e aceno para ele. Mal nos conhecemos. Sei quem ele é, mas acho que ele não sabe quem eu sou. Sua voz é entrecortada e rouca. Ele é um aluno do quarto ano que acaba de recuperar a fala.

"Tentei ir a todas as entrevistas para as quais fui convidado. Parecia-me importante. Eu tenho todas elas gravadas em seis fitas VHS. Minha mãe se encarregou de registrar tudo. Uma vez fui ao programa *Mañanas Informales* com o pai de uma menina da escola. Ele era vereador e estava muito próximo das vítimas na época. Lembro que eu estava usando uma jaqueta de veludo cotelê, cachecol e jeans rasgado. A Cromañón nos colocou nos canais da tevê, vestidos assim, para falar e chorar ao vivo. Num dos programas, me perguntaram quem eram os culpados, na minha opinião, e eu respondi: o sistema capitalista.

"Depois da Cromañón, fui ver La Renga no estádio Vélez Sarsfield. Minha mãe e meu pai me levaram. Foi descomunal. Enquanto tocavam a música 'Hablando de la libertad', alguém acendeu um sinalizador e Chizzo, o vocalista, parou tudo.

Foi um momento vazio. Chizzo desabafou no microfone, à beira das lágrimas: 'Você não percebe o que aconteceu? Os colegas que morreram? Você está louco, ou louca?'

"Eu estava longe, não sei o que aconteceu com o menino ou a menina que acendeu o sinalizador. Demorou cerca de meia hora até que eles pudessem começar de novo.

"Quando a prefeitura nos manda fazer algum trâmite para receber por ser um *sobrevivente*, o que acontece comigo é muito forte. Todas as pessoas que estão preenchendo a papelada estavam na Cromañón naquela noite comigo. Eles têm que conviver com essa memória. Vê-los hoje é singular. Gosto de olhar em detalhes para a evolução dessa tribo urbana. Ex-rolingas que fazem fila para serem pagos. Éramos meninos e meninas à procura da nossa identidade. Havíamos encontrado na música algo contestatório. Vê-los hoje com aqueles novos penteados estranhos é a imagem mais clara da passagem do tempo. Ou ainda pior: quando você se depara com alguém com franja e um lenço de algodão amarrado no pescoço, parece que essa pessoa não conseguiu superar o momento. Rolingas? Não há mais rolingas. A Cromañón acabou com o costume. Só se encontram rolingas nos shows do Los Gardelitos ou do Pier, ou sabe-se lá onde."

"Da minha parte, tive muita empatia pelos músicos dos Callejeros nos últimos anos. Passei pela fase do desprezo e do ódio e, claro, sei que eles são responsáveis. Eles foram os sorteados. Mas também é verdade que tinham entre 23 e 28 anos e perderam parentes, namoradas, amigos, amigas. Acho injusto que apenas Omar Chabán[11] e eles tenham sido as faces visíveis do terror.

---

11 Gerente da discoteca República Cromañón.

Seria bom se eles pudessem reconstruir a vida também. Agora penso assim. Talvez sejam os anos. Tenho 29 anos agora, sou de 89.

"Nunca tive medo do escuro e da aglomeração de pessoas. Há pouco tempo estive no show do Indio Solari, em Olavarría, e me senti bem. Mais de 500 mil pessoas num lugar abarrotado, mas ao ar livre. Nesses casos, só preciso ter um lugar para me agarrar. Não gosto de ficar à deriva. Não tive os medos esperados, fiquei com outros. Por exemplo, tenho dificuldade em me entregar ao prazer. Sinto que, quando fiz isso, morri. Agora estou aqui tomando café com leite, mas aos quinze anos também se pode morrer."

— Escrevi um conto chamado "Cicatriz" — diz ele.
— Você terminou? — pergunto.
— Sim. Acho que falta um pouco de desenvolvimento, mas estou satisfeito com a ideia.
— E como é?
— É um casal no décimo aniversário da morte do filho. Começa com uma imagem um pouco erótica da mulher enrolada numa toalha, recém-saída do banho. Ela é a fortaleza da situação. Ela caminha até a cama e lá está seu marido, feito um farrapo. Eles falam de fazer uma viagem, de reconstruir. Não se sabe do que o filho morreu, algo relacionado a uma brincadeira numa floresta. O pai não consegue sair daquela paisagem. Ela tenta convencê-lo. Eles conversam por um tempo até ficarem em silêncio e ele, com cautela, percorre o estômago dela procurando a cicatriz da cesariana.

13.
VERA

Nunca vi nada morto

"A última coisa de que me lembro daquela noite é de ter falado com a mãe da Vicki por telefone. Tive de dizer a ela que sua filha não estava dormindo na minha casa, que a filha tinha mentido para ela, que a filha estava na Cromañón. Então vi tudo preto. Fui acordada pelo meu irmãozinho na manhã seguinte. Não sei como cheguei até a cama. Meus pais pensaram que eu tinha dormido em pé, não se preocuparam muito. Meu irmão me chacoalhou. Eu tinha babado dormindo.

"— Na lista tem uma María Victoria. Será que é sua amiga? — meu irmão me perguntou.

"Da cozinha, vinha um cheiro de café."

Vera está mais perto dos trinta do que dos vinte. Marcamos o encontro pelas redes sociais. Não nos vemos faz mais de dez anos. No Normal 1 nos cruzávamos nos corredores durante os intervalos. Tenho lembranças fugazes. Vera sentada nas escadas, Vera fumando um cigarro no banheiro, Vera com os olhos marejados no meio de uma aula de história. Ela chega à minha casa numa tarde de terça-feira e eu ofereço água, chimarrão, café, mas ela não quer nada. Traz sua própria garrafa verde dentro de uma mochila tricotada em lã. Vera fala baixinho, como se quisesse ocupar o mínimo de espaço possível no elevador, na sala, na conversa.

— O que sua tatuagem significa? — pergunto.
— Onde a vida me leva. É um álbum do La Renga. Só tenho tatuagens deles.
— Você ainda gosta deles?
— Eu os acompanho desde os catorze anos.

A banda de hard rock La Renga foi formada em 1989 em Mataderos, zona oeste da cidade de Buenos Aires. É um trio integrado por Chizzo, Tanque e Tete. Chizzo, o vocalista, tem uma voz cavernosa, como aqueles filmes de terror que nos traumatizam na infância. Um vampiro bem-maquiado, uma ferida purulenta, uma máscara de morto-vivo muito bem-feita. Até que um adulto chega e te lembra que não, que tudo isso é um set de filmagem e ninguém está sofrendo de verdade. O mesmo vale para a voz de Chizzo: parece monstruosa, mas são apenas cordas vocais mais largas ou flexíveis fazendo seu trabalho.

"O que eu gosto no La Renga é que eles parecem superdistantes, pessoas que eu nunca vou conhecer na vida. É o fanatismo em sua máxima expressão. No ano passado eles tocaram no Huracán de novo e eu fui. A última vez que o La Renga tocou na capital foi antes da Cromañón, por isso foi tão comovente ter ido vê-los agora. Ano que vem eu vou na turnê deles no México. Já tenho a passagem e os ingressos. Em 2014, larguei a faculdade para fazer todo o rolê pelo Sul, La Pampa, Neuquén, Puerto Madryn. Abandonei tudo e fui."

Vera me trouxe sua pasta do quinto ano do colégio. As folhas de fichário estão intactas. Vera Sugue, 5º C. Na capa, um adesivo preto e branco com a inscrição: "O rock 'n' roll jamais vai morrer".

"Eu não gostava de ir à escola. Não tenho uma boa lembrança do Normal 1, meus melhores amigos eram de fora. Eu ficava dentro da sala de aula no recreio. Minhas amigas eram a Vicki, a Mariana e o Andrés."

Ela me mostra um chumaço do cabelo de Vicki, feito um bolo entre papéis e ingressos para shows.

"Trocamos mechas de franja e cada uma guardou um pedaço numa folha de caderno. Acho que é hora de jogar tudo isso fora", diz.

Há também uma foto de Vicki, Vera e Mariana em duas carteiras na sala de aula do terceiro ano. Elas posam olhando para a câmera, com olheiras da manhã e as mãos entrelaçadas.

"Eu vinha do Nacional 6, um colégio de adolescentes problemáticos de Bajo del Once que repetiram de ano e tinham de trabalhar para ajudar em casa fora do horário escolar. Por outro lado, no Normal 1 quase ninguém sabia o que era aquilo. Passavam a tarde na porta, nos degraus da Aguas Argentinas, fumando um baseado ou tocando violão. Pediam dinheiro aos pais para irem aos shows ou para fazer aulas de música. Uma classe média confortável demais para o meu gosto."

Vera sorri e bebe água da garrafa. Ela me pede para enchê-la de novo.

— Tem certeza de que você não quer um café?
— Não, não. Mas te agradeço.

"Eu não fui à Cromañón. Não me deixavam ir a lugar nenhum. Para os meus pais, se eu fosse a um show, eu podia morrer.

Eles tinham um medo absurdo, não sei por quê, então eu tinha que mentir. Mentia muito. E a Cromañón reforçou a teoria deles, infelizmente.

"No Natal de 2004, tinham me dado dez pesos. Naquela semana, a Vicki e eu fomos comprar os ingressos para os Callejeros, claro que não contei aos meus pais, mas quando estávamos na loja Locuras, prestes a pagar, não encontrei o dinheiro e não consegui comprar o ingresso. Sorte? Sei lá. A Vicki comprou o dela e eu não.

"No dia seguinte ao incêndio na Cromañón, todos nós nos reunimos no portão da escola, lembra? Eu estava com minha mãe, você com o Manuel. Foi quando descobrimos onde era o velório da Vicki. Pegamos ônibus e táxis para chegar lá. Estava muito quente, nossa pressão baixava de repente. O Normal 1 ficava a alguns quarteirões do necrotério. Uma mulher que passou pela calçada nos perguntou onde era.

"Nunca vi nada morto. Minha mãe saiu da sala do velório e me disse: 'Se você quiser entrar, entre. Ela não é a pessoa que você conheceu'. E eu decidi não ver a Victoria. Acho que isso me ajudou bastante a não pensar. Ela era uma amiga que de repente parei de ver, e é isso.

"Meus pais, meu irmão e eu passamos o fim de ano na praia comendo *choripán*. Terminamos cedo e voltamos para casa. Adormeci assistindo a um reality show em que um grupo de pessoas se junta pra reformar a casa de outras pessoas.

"Acender um sinalizador não é um crime, mas é um desastre. Num show do La Renga, faz uns seis anos, um cara morreu. Eles o acenderam num lugar muito grande, um estádio ao ar livre. Era um daqueles sinalizadores de navio. Explodiu no pescoço de um menino. A notícia não se espalhou muito porque era uma única vítima, mas de novo um explosivo?

"Fui a um dos primeiros shows dos Callejeros depois da Cromañón. Ainda tenho o ingresso. Foi no estádio Mundialista de Mar del Plata, um estádio gigante, meses após a absolvição dos músicos, em 2010, para ser mais exata. Tocaram mais de três horas, foi um dos shows mais tristes do mundo. Iam de uma música a outra, como se estivessem hipnotizados.

"Depois de uma hora tocando sem parar, o cantor Patricio Fontanet disse: 'Boa noite, Mar del Plata. Que linda noite'. Responderam com gritos que não diziam nada, nenhum olá, nenhum agradecimento. O público batia uns nos outros, como bebês que, incapazes de falar, choram ou se jogam no chão. Nunca me bateram tanto quanto naquele show. Tive que colocar gelo em algumas partes do corpo quando voltei para o hotel com minha amiga. A sensação era de que os Callejeros tocavam sem tocar, como se estivessem profundamente adormecidos. As pessoas também não ouviam, mas sintonizavam imagens de dor. Nosso corpo estava lá, mas estávamos em outro lugar. Havia raiva e tristeza contidas a poucos passos do mar do Sul. Um concerto de cegos e surdos que ainda não choraram o suficiente."

— Por que você quis ir? — pergunto.
— Acho que eu queria ver os Callejeros, como a Vicki.

Vera e eu ficamos em silêncio. Toda a sua adolescência está espalhada na mesa da minha sala de estar.

"Há um trecho de uma música do La Renga que para mim é tudo isso. Diz: '*Yo corría desesperado, sentía el ardor de una herida abierta. Estaba el ángel ahí tirado, y en sus ojos habló la tristeza*'.[12]

---

12 "Eu corria desesperado, sentia o ardor de uma ferida aberta. O anjo estava estendido ali, e nos seus olhos falou a tristeza."

"Fico aliviada em saber que a última vez que vi a Vicki foi no ônibus da linha 109. Ela desceu antes de mim. Depois de mandar um beijo para ela, eu disse: 'Se cuida'."

14.
JORGE

Nuvem de chumbo

"Descobrimos por que minhas filhas telefonaram para casa. Quem atendeu foi o Juan, meu filho mais velho, que naquela época quase já não ia a shows. Minha esposa, o Juan e eu fomos até a praça Miserere. Estávamos calmos porque sabíamos que as meninas estavam bem. Quando cheguei, encontrei um cenário de guerra. Tive que tapar os ouvidos. Nunca tinha escutado tanto barulho à noite. A gente aspirava um cheiro pesado e desagradável. Minhas filhas estavam sentadas num banco da praça. Abracei as duas, elas estavam bem. Tinham saído pela única porta. A mais nova estava tremendo e não dizia uma palavra, ela é um pouco calada mesmo. A mais velha chorava e dava sinais de realismo. Meu filho estava com os olhos inchados, parecia uma máquina que sinalizava situações trágicas. Ele olhou para mim e disse: 'Pai, eu sei que você é obstetra, mas talvez possa ajudar'. Não tinha me ocorrido prestar auxílio até aquele momento. Eu queria levar as meninas embora e ficar o mais longe possível da multidão. A Ana foi comprar refrigerante para minha filha mais nova que tinha pressão baixa e eu fui em frente. Minhas filhas precisavam ficar com a mãe.

"Tentei reanimar mais de dez adolescentes com técnicas de primeiros socorros. Era impossível, você tinha que fazer muita força, quebrar os ossos deles. Caíam como baratas. Meu filho insistiu que eu entrasse na Cromañón para ajudar. Eu estava com muita raiva, mas não tinha ideia do porquê nem em relação a quê. Naquele momento, eu estava com raiva daquele prédio velho e acabado, a única coisa que representava o mal. Atendi ao pedido do Juan e entrei. Naquele momento, me senti como uma criança num navio afundando. O corredor até a pista era curto. Pus a mão no nariz e comecei a respirar pela boca. Estava vestindo uma camisa de manga comprida porque na minha casa estava fresco, mas lá dentro eu já estava empapado de suor. Era impossível respirar. Era como estar debaixo de água parada. Você quase não conseguia ver nada lá. A única coisa que iluminava eram as luzes de emergência, aquelas que são ligadas nos prédios quando a energia acaba. Fiz muita força para ver e respirar. Fazia força contra nada e contra tudo ao mesmo tempo. O que eu vi, não esqueço mais: lá em cima, como uma presença no teto, vi uma nuvem negra muito fina e comprida. Parecia de cimento ou alcatrão. Não se movia, não era vaporosa. Parecia pintada com tinta, como um sinal de trânsito ou algo do além. Não acredito em fantasmas, mas aquela nuvem parecia falar.

"Saí da discoteca e respirei fundo. Uma fileira de corpos ao meu redor e eu, o médico que não conseguiu salvar nenhuma vida. Caminhei até a praça e lá estavam a Ana e meus filhos. Nós cinco ficamos em silêncio. O Juan acendeu um cigarro. Não sabíamos que ele fumava, descobrimos naquela noite.

"— Você conseguiu? — o Juan me perguntou.

"Menti para ele, disse que felizmente sim.

"Algumas horas depois, a Ana e meus filhos tiveram que me levar até a emergência do hospital Churruca. O lugar estava lotado, então tivemos que esperar bastante. Cheguei com palpitações e falta de ar. Depois que um médico me viu e disse: 'Angústia', comecei a chorar. Foi como o transbordamento de um dique."

15.
AEROSSÓIS, CADARÇOS DE TÊNIS E LACRES DE REFRIGERANTE

A praça Miserere é o centro nevrálgico do bairro Once. O tempo todo, a cada milésimo de segundo, algo acontece por ali. Há ambulantes em cada quarteirão que vendem, entre outras coisas, brinquedos eletrônicos em formato de cães ou gatos que andam e fazem piscar luzes vermelhas em olhos de plástico, gente que viaja da zona oeste para trabalhar na capital e gente que volta para casa, pessoas que dormem na calçada, na praça ou ao lado de um poste, barracas de hambúrgueres processados, cachorro-quente com batata palha, amendoim caramelizado, refrigerantes de soda, diet ou água mineral. Meninos e meninas que avançam pedindo moedas como se vivessem em cima de uma montanha-russa, com os olhos injetados de sangue e o corpo feito um osso que só pode flutuar. Miserere é um retângulo que nunca descansará, cheio de mulheres e homens que trabalham oferecendo sua saliva por hora e de cães que vagam soltos porque ninguém os quis.

O nº 3000 da rua Bartolomé Mitre permaneceu fechado por sete anos depois da Cromañón. Em 2012, começaram as obras que abriram uma via paralela para dar um novo lugar ao santuário que presta homenagem às vítimas. Aquela esquina, ao lado do terminal da linha de ônibus 68, é cheia de cartazes com grafites que dizem *Nunca mais* e tênis de lona Topper pendurados em cabos de iluminação. Aquele canto da cidade é um lugar sagrado.

Sempre que passo por ali, de ônibus ou a pé, encontro mulheres e homens sentados no chão ou num banco disposto ao longo da rua. Estão orando para seus filhos, filhas, sobrinhos, amigos, parentes próximos ou distantes. Olham para as fotos com atenção, assim como faço agora, e descobrem que esses rostos estão ficando cada vez mais borrados. A umidade e o tempo fazem isso velozmente, em relação às coisas que permanecem quietas na intempérie. Há também pessoas que estão de passagem, que se sentaram lá porque precisam de algum tempo para almoçar em silêncio enquanto navegam pelo celular. Há também os mais jovens, aqueles que não sabem direito o que é a Cromañón, o que foi que aconteceu lá. Há os curiosos, aqueles que vêm para imaginar como ela era, como era grande. Há os mais velhos que contam a esses jovens, mostram-lhes os detalhes daquele museu que foi improvisado ali, com inscrições, aerossóis e cadarços de tênis.

Em três marquises de tamanho médio há fotografias de algumas das vítimas que perderam a vida na noite de 30 de dezembro. Nesse momento, essas imagens são a parte pelo todo. As idades desses rostos nas fotos tamanho passaporte são um chute no estômago: variam de meses de vida a trinta anos, aproximadamente. Adriana, quinze anos; Pablo, nove; Abel, vinte e cinco; Federico, dezoito; Jorge, vinte e dois; Pedro, vinte e quatro; Roberto, vinte e sete. Um menino chamado Andrés tem um altar próprio, com uma foto em que ele é visto sorrindo, com franja rala e molhada. O mesmo Diego! escrito assim, com um ponto de exclamação, numa foto passaporte numa moldura de prata, com uma inscrição clara que assegura que sua alma viajará pelos céus e navegará pelos mares quando a justiça for feita. Embaixo, toda a sua família assina. E lá atrás, numa parede que é mantida pintada de branco com letras pretas, os nomes deles e delas, os 194 ou talvez mais, como uma lista de presença. Uma placa amarela pintada à mão diz: "Agora e sempre".

    Antes de ir embora, passo pela porta do Latino Once, que — de acordo com a placa — é um inferninho classe C, também conhecido como El templo de la Guaracha. Na noite de 30 de dezembro, quando minha irmã me ligou, pensei que aquele era o local incendiado. Meu desejo era de que minha irmã estivesse equivocada e que a tragédia acontecesse ao dobrar a esquina, naquele lugar. Iluminado com luzes de LED, com capacidade máxima de 1.540 pessoas e desenhos de chamas de fogo ou arabescos vermelhos e prateados. Mas isso não aconteceu. Ao me afastar, peço desculpas pelo equívoco. Eu não queria pensar isso, querido Latino Once, Templo de la Guaracha, mas pensei.

16.
O DIA EM QUE APAGARAM A LUZ

Eu morava com três amigas e naquela noite ficamos jogando dados na sala. Apenas uma de nós ouvia rock 'n' roll, parecia uma música estranha para mim. Aqueles solos de guitarra tão malfeitos, aqueles pivetes sujos, todos cantando na rua ou na praça. V. ligou a tevê à uma da manhã e vimos o caos. Lembro-me de pessoas que conseguiram sair ilesas e contavam à câmera, a duras penas, que tinham de entrar de novo para procurar mais pessoas. Estavam com pressa de dar entrevista para o canal de notícias porque tinham de correr para salvar alguma vida. O corpo de bombeiros não dava conta, assim dizia a reportagem da Crónica TV. Ligamos para os amigos, enviamos mensagens, fomos até a varanda como costumamos fazer para verificar se a falta de energia é em todo o bairro. Ficamos coladas ao canal até as cinco da manhã, quando finalmente encerraram a transmissão com um anúncio de TeleCompras atrás do outro. Depois fomos dormir. Naquela noite, sonhei com dragões.

Eu estava de férias com minha família em Pinamar, então não fui ver os Callejeros. Assim que soube o que tinha acontecido, comecei a ligar para os meus amigos com quem ia sempre aos shows. Consegui falar com todos. Eles me contaram muito brevemente o que tinha acontecido. Estavam muito chocados. Meu amigo Ale Villa conseguiu sair rápido e teve de voltar para tirar a irmã, que tinha ficado lá dentro. No dia seguinte, o Ale me disse que quem não tinha aparecido era o Osval, um garoto que jogava futebol conosco. Nunca entendi por que o Osval não conseguiu sair. Ele era pequenino, habilidoso e muito rápido.

Ah, Cami, que difícil deixar esta mensagem. Faço isso porque te amo, caso contrário eu não faria. Espero que você tenha isso em mente. Para mim, toda memória é uma invenção. A história se mostra anacrônica. Mas aqui está: eu sei que estava dirigindo pela estrada, estava perdida na altura de Lobos. Finalmente me localizei, não sei como. Aos vinte anos, eu fazia essas coisas e não entrava em pânico. Mal ouvi a notícia no rádio. Cheguei ao meu destino e adormeci profundamente. O que será que é a Cromañón? Eu não tinha ideia. No dia seguinte, lembro-me de ter falado com a Fernanda, uma menina que cuidava de mim quando eu era pequena. Ela estava de plantão naquela noite, era instrumentadora no hospital Ramos Mejía. Ela me disse que os celulares tocavam sem parar e ninguém atendia.

Naquele verão, fui sozinho ao Parque Nacional Los Alerces, no Sul. Tinha montado a barraca num acampamento que ficava a seis quilômetros da Administração do parque. Vi a notícia numa tevê muito pequena dentro da casinha do guarda-florestal no dia seguinte. Olhamos por um longo tempo enquanto fumávamos um cigarro atrás do outro e dizíamos: "Não posso acreditar nisso, que barbaridade, que horror". Estávamos com a garganta seca, então o cara me ofereceu vinho tinto, que ele tinha guardado numa estante. Tomamos várias taças e eu fui embora bem mareado. Era uma tarde quente, então coloquei a sunga e fui pescar. Deixei escapar uma truta às sete da noite e fiquei sem jantar. Era noite de Ano-Novo. Eu tinha uma garrafa de champanhe e a enterrei. Senti que tinha de ficar lá. Passei a virada sozinho, olhando para o céu até amanhecer.

Eu estava na Espanha. Tinha viajado com meu irmão porque um tio nosso morava lá. Descobri por notícias estrangeiras, então vivi aquilo com uma distância especial. Um mês depois, quando voltei para a Argentina, descobri que muitos amigos tinham estado na Cromañón. Entre eles o Facundo, um colega de classe do Liceo nº 9 que depois daquela noite não foi a mesma pessoa. Não sei te dizer por quê. Às vezes, ele fica olhando para algo por um longo tempo sem falar. É sorrateiro como um gato.

Eu estava em Bolívar. Eu morava na capital havia alguns anos, mas passava as férias lá. Naquela noite, saí para uma festa no bar do Carlitos, mas voltei cedo porque uma amiga que estava grávida ficou bêbada. Não estava passando bem. Quando chegamos em casa, deixei minha amiga no sofá da sala e comecei a assistir à tevê. Em todos os canais, só passava a Cromañón. Eu não conseguia entender o que estava acontecendo. Para mim, aquilo era ficção científica. Desliguei o noticiário de madrugada porque tive falta de ar. Fiquei perto da minha amiga para o caso de ela começar a vomitar. Achei muito bom ter de cuidar de alguém naquela noite.

Eu estava num churrasco, comemorando um ano de formatura da escola com meus colegas de classe.

Na noite de 30 de dezembro, eu estava em casa com meu filho Franco. Na madrugada anterior, o avô do meu marido tinha falecido e, em vez de nós três viajarmos juntos para passar o fim de ano em Junín, meu marido foi antes. Acho que desde o nascimento do Franco não tínhamos passado uma noite separados, por isso foi difícil para mim ir me deitar sozinha e fiquei assistindo à tevê. Vi as primeiras notícias, picotadas: "Incêndio na casa noturna 'El Reventón', no Once", diziam. Ainda não falavam que era a Cromañón, não mencionavam as cifras nem os tênis. Algum noticiário mencionou a banda Callejeros.

Acabei dormindo.

No dia seguinte, foi aquele bombardeio de dados e depoimentos horríveis. A palavra Cromañón foi ressignificada em poucas horas. Cheguei a Junín com o Franco, que, apesar de ter três anos e não entender nada, estava muito manhoso. Não quis nem falar oi para o pai e não parou de chorar a tarde toda.

Quando voltei a Buenos Aires, descobri que meu melhor amigo estava na discoteca. Ele tinha queimado as pernas e não sabia quem o havia tirado de lá, pois escapar por seus próprios meios tinha sido impossível. "Não se preocupe, ele está bem", sua irmã repetia para mim ao telefone. Desliguei e comecei a chorar alto. O Franco me olhava da porta da sala, não consegui evitar que ele visse aquela cena.

Não sei por que você quer que eu te diga o que eu estava fazendo naquela noite. Acho mórbido e não interessa a ninguém. Não entendo o que você quer fazer com isso, e também não me importo.

Voltei do México em 31 de dezembro de 2004, sozinha num avião. Eu tinha treze anos. Estava morando no país desde que meu pai tinha se mudado para lá. Quando descobriu, ele me ligou muito preocupado da Cidade do México porque a Cromañón era muito perto da minha casa em Buenos Aires. Ele estava transbordando de angústia. No dia seguinte, eu soube que uma amiga próxima tinha sobrevivido. Quando falei com meu pai, contei-lhe isso e ele, entre lágrimas, disse: "A partir de hoje, acredito em Deus". Isso ficou gravado na minha mente. Em Deus? Enquanto te conto isso, estou na fila do caixa eletrônico do banco Provincia.

Eu tinha acabado de chegar à minha cidadezinha, 25 de Mayo, para passar as férias. Liguei a tevê antes de sair para a Dromedario, a discoteca local, e vi tudo. Um dos meus amigos que também era de 25 de Mayo ia ao show, mas eu não sabia se ele ainda estava em Buenos Aires. Ele não tinha celular e o número da sua casa só dava ocupado. Logo depois, a campainha da minha casa tocou e ele apareceu. Nos abraçamos muito. Naquela noite, ficamos bêbados até cair.

Eu estava na estrada. Minha mãe dirigia. Estávamos viajando sozinhas. O carro estava quente, era uma noite abafada, como se fosse cair um temporal. Recebi uma mensagem de texto da minha amiga Fernanda. Queríamos ligar o rádio, mas não tínhamos sinal. Mentalmente repassei quem eu poderia conhecer que estivesse lá. Todos fazíamos isso, repassávamos possíveis mortos ou feridos próximos. Não consegui pensar em ninguém. Minha mãe ficou nervosa, e ainda havia cinco horas de viagem. Paramos numa YPF. Tomamos café assistindo à tevê do local enquanto amanhecia. Estávamos hipnotizadas. Era como olhar para uma fogueira.

Não sei onde eu estava.

Meu primo foi porque era músico. Ele tinha sido convidado e nem conhecia a banda. Ele viveu tudo aquilo e saiu andando. Pegou o 41 na avenida Pueyrredón.

Estou te mandando um áudio do banheiro do trabalho. Não tenho uma memória concreta. Com certeza eu estava na cama. Quem ficou péssima foi minha tia. Quando divulgaram a lista de vítimas na televisão, havia um menino que tinha o mesmo nome que eu, meu nome é bastante comum. Minha tia entrou em pânico e ao mesmo tempo não se atrevia a ligar para minha mãe. Ela passou a noite acordada se perguntando se seu sobrinho Cristian estava vivo.

Eu estava grávida de seis meses e provavelmente dormindo. No dia seguinte, te liguei. Você estava triste, mas já tinha se acalmado. Eu estava na estrada com o Pablo, viajando para o litoral. Senti enjoo a viagem toda, fiquei agarrada à porta do carro. Parecia que, de repente, tudo de pior poderia acontecer.

Nos shows dos Callejeros, sempre se falava que era a banda em que se acendiam mais sinalizadores. Sempre que a música "Callejero de Boedo" tocava, havia um garoto vestido com a camiseta do San Lorenzo, que acendia dois sinalizadores: um azul e um laranja. Ele subia nos ombros de outro e se balançava como um louco.

Lembro-me de que a primeira vez que ouvi um CD dos Callejeros foi na van que nos levava para praticar esportes. Era uma cópia pirata de *Sed*. A primeira música deles que ouvi foi "Jugando".

Naquela época, éramos um grande grupo de rolingas na escola. Ouvíamos Los Piojos, La Renga, La 25, Viejas Locas, Ojos Locos, Jóvenes Pordioseros, Guasones.

De vez em quando, íamos dançar no La Reina. A gente se reunia com amigos rolingas de outras escolas e saíamos. Matávamos o tempo escutando discos. Tomávamos vinho de caixa misturado com suco Tang em pó. Lembro-me de pegar o 41 com aqueles com quem saíamos lá em Belgrano, e nos juntarmos num canto da praça Miserere antes de entrar na Cromañón para ver a banda. Eu nunca tinha estado no bairro Once à noite e tudo parecia ameaçador, perigoso, mas estar em grupo nos encorajava.

Uma conhecida da minha mãe me obrigou a brindar àquele Ano-Novo. Eu não queria. Ela disse: "Melhore essa cara, já passou, não foi tão grave", e pôs na minha mão um copo de vidro cheio de sidra, champanhe ou uma daquelas bebidas com gás e álcool. Olhei para minha mãe com cara de súplica e ela me abraçou da melhor maneira possível. Estávamos sozinhas naquele Ano-Novo, como todo mundo, e como não queríamos ficar no apartamento, fomos passá-lo na casa de alguns amigos dela. A Esther era uma desconhecida para mim, mas era ela quem preparava as sobremesas. Todos a amavam muito por isso, sua generosidade com açúcar e sua fidelidade em relação à alegria. "Vamos lá, faça um brinde, mais tarde você vai se arrepender se não tiver feito." Olhei nos seus olhos profundamente e a odiei. Deixei o copo sobre a mesa e me tranquei num banheiro desconhecido daqueles amigos não tão amigos, e me sentei encolhida do lado do vaso sanitário. Minha mãe bateu na porta, mas eu não a deixei entrar. Ouvi os fogos de artifício ali de dentro. Um me assustou mais do que o outro.

Eu queria estar com meus amigos de verdade, mas tínhamos apenas quinze anos e eu fui forçada a passar as festas com a família. Quando saí do banheiro, a Esther me deu um pedaço especial de torta de limão. Ela me disse: "Me desculpe, querida. Coma isso que vai te fazer bem. Melhore essa cara". Seu pedido continuava sendo o mesmo, para eu parar de estragar o Ano-Novo dos demais.

Você não acha que os fogos de artifício são como lobos uivando, mas num tom agudo? Como sopranos histéricos e peludos.

Eu tinha doze anos. Estava em "Pina", no hotel dos meus pais, e lá estava apenas a tia Negra fazendo tomates recheados com atum no apartamento 3 do hotel. Eu não ouvia rock 'n' roll, mas minhas primas ouviam. Elas queriam ir ver os Callejeros, mas não as tinham deixado, meus tios eram uma italianada evangélica meio esquisita. A tia Negra diria mais tarde: "Você viu, não era pra elas terem ido". Eu era meio lerdo para as coisas. Para mim foi como quando morreu o Rodrigo, o potro cordovês. Conheci sua música quando ele já tinha morrido.

Eu estava trabalhando como garçonete num restaurante em Puerto Madero. Entrava e saía da cozinha. Os cozinheiros ouviam a rádio FM Mega 98.3, então iam me atualizando das notícias. À medida que eu entrava e saía da cozinha, o quadro piorava. Numa mesa que eu estava atendendo, um casal mais velho recebeu um telefonema. A mulher entrou em desespero. Levei um copo d'água para ela. Eles me pediram a conta e eu a entreguei o mais rápido que pude. Naquela noite, o restaurante fechou mais cedo e todos fomos para casa.

Eu estava dormindo. Meu irmão andava de bicicleta pelo bairro. Começou a ver um grande número de ambulâncias indo e vindo na contramão ao longo da avenida Rivadavia. Ele se aproximou da rua Bartolomé Mitre e começou a perguntar o que estava acontecendo. Um mendigo bêbado que dormia na rua disse incêndio, discoteca, bombeiros, não muito mais. Meu irmão acendeu um cigarro atrás do outro e ficou ao lado do cara observando o caos se desenrolar. Ele sabe de detalhes, e muitos, mas não quer contá-los.

Foi em 2004, não? Eu estava em Tandil. Fiquei bem preocupado porque tinha um amigo, o Paco, que eu sabia que podia estar lá. Enviei-lhe um e-mail e ele respondeu alguns dias depois. Ele tinha estado lá, mas foi embora um pouco antes que o toldo se incendiasse. Vi meus amigos do bairro no dia seguinte, conversamos muito, tomamos cerveja. Falava-se disso o tempo todo. Era o tema da conversa. As listas, os feridos, o quanto Buenos Aires era grande e o quanto eram grandes as coisas que podiam acontecer lá.

Não vejo jovens rolingas, vejo gente entre os trinta e os quarenta anos. Acho que essa tribo morreu um pouco com a Cromañón.

Eu estava nadando numa piscina de concreto numa casa em Morón. Meus tios tinham alugado a casa para passar as férias. Fazia mais de trinta e cinco graus naquela noite, acho, e eu tinha treze anos. Ficava testando quanto eu aguentava ficar embaixo d'água sem respirar, um futuro apneísta. Você sabia que o recorde é de um alemão que aguentou 22 minutos? Não sei se numa piscina ou no mar, mas é o número 1 do mundo. Fiquei embaixo d'água por uns três minutos até que saí e então ouvi o barulho dentro da casa. Gritos ou passos. Saí rapidamente da água e, sem me secar, entrei pela porta dos fundos. Minhas primas olhavam para a tevê, de pijama, e diziam: Carolina, Carolina. Não sei quem era Carolina. Entendi que havia uma catástrofe em Buenos Aires, mas a vivi como num sonho. Eu mal olhei, na tevê, a imagem de um menino de peito nu correndo pela rua descalço e voltei para a piscina. Era uma noite estrelada.

Tinha dezoito anos. Havia sido minha festa de formatura recentemente. Eu costumava me reunir com amigos e amigas em diferentes casas. Naquela noite também estávamos juntos. Havíamos feito uma festa de formandos fazia pouco tempo na Cemento, que era do mesmo proprietário da Cromañón, e isso me pareceu estranho. Fui para casa de madrugada e vi tudo na tevê. Na manhã seguinte, minha mãe abriu a porta do meu quarto duas vezes para se certificar de que eu estava dormindo na minha cama.

Você se lembra de que uma época havia bancas de fogos da marca Júpiter na rua? Eram como estandes livres, sem um local próprio, situadas em esquinas de grandes avenidas da cidade. Elas vendiam muito, especialmente nas épocas de Natal e Ano-Novo. Eu quase nunca comprava essas coisas. Uma vez vi que um menino da casa ao lado, que não devia ter mais de dez anos, foi atingido no rosto por uma bomba que explodiu. Vê-se que tinha vindo com alguma falha. Ele não perdeu um olho, nada aconteceu com ele, mas o menino ficou mudo por alguns meses. Talvez de susto, ou de surdez. Não queria ou não conseguia falar. Depois da Cromañón, não vi mais aquelas banquinhas de fogos na rua. Agora só são vendidos pela internet. É difícil não associar a pirotecnia ao caos.

Eu estava na sala de espera de um hospital público da zona oeste. Estava com febre e a garganta inflamada. Fazia uma hora e ninguém me atendia. Um homem que varria constantemente a sala ligou a tevê num canal de notícias. Ele se sentou para assistir comigo. Ficamos prestando atenção nas notícias do Canal Siete por cerca de duas horas sem fazer nenhum comentário. Fui para casa às três da manhã sem que nenhum médico me atendesse. Tive náuseas.

Estava num casamento com a Mariana. Era um casalzinho jovem, a noiva era filha de um colega do escritório. Naquela mesma noite, eles iam viajar em lua de mel para as Cataratas do Iguaçu. O DJ da festa disse nos alto-falantes algo como: "Há uma tragédia acontecendo agora num lugar lá do Once. Se alguém precisa se comunicar com seus entes queridos, podem fazer isso". Metade das pessoas que estavam no casamento não ouviu o que o cara disse. Achei que não era grave, pelo fato de ele se comunicar daquele jeito. Depois de um tempo começou a tocar um dueto, covers de clássicos dos anos 1980, e no meio de "Take my breath away" uma mulher gritou. Lembro como se fosse hoje. Ela estava usando um vestido desconfortável e apertado. Gritou, pôs a mão no peito e saiu correndo da pista de dança do salão. A Mariana e eu ficamos no casamento. Comemos, bebemos muito, dançamos músicas do carnaval carioca. Na manhã seguinte, vimos as listas e entendemos.

Ah, bem. Estávamos as duas em casa. Era uma noite muito quente. A certa altura, sua irmã Tamara ligou para avisar do incêndio. Você começou a chorar desesperada, dizendo: "Mãe, o Manuel está lá". Ligamos para a casa dele e conversamos com a mãe dele, ela estava indo para lá. Vimos na televisão um espetáculo de partir o coração. Ambulâncias e gente correndo. Depois de um tempo, o Manuel ligou para você, ele havia deixado a discoteca rapidamente. Na manhã seguinte, souberam que a Victoria, sua colega de classe, havia morrido. O Manuel veio aqui em casa e vocês ficaram no quarto, aninhados.

Um dia antes, quando você estava indo para a Cromañón, não conseguia encontrar o documento e eu te disse que sem ele você não podia ir. Para mim, isso resolveria a grande resistência que eu tinha ao te ver indo àquele lugar. Mas no fim você o encontrou.

17.
UIVOS E LUZ ESTROBOSCÓPICA

2018

Fui a um show num teatro sem assentos. Uma banda de punk pop apresentava seu terceiro álbum. Fui porque me convidaram e porque o plano me parecia distante e então novo para mim, nesse cotidiano rondando os trinta que quase nada tem de show *ao vivo*. Acho que o último show a que fui, de pé e desconfortável pelo atrito com o corpo dos outros, foi o da banda argentina de rock El Bordo, no bar Marquee, em Palermo, em 2006. Tenho apenas uns lampejos na memória. Meu grupo de amigas gritando até as últimas consequências, lutando com copos enormes de cerveja morna. Havia amigos com estampas de banda em calças, mochilas e jaquetas. Naquela época, as casas de show já cumpriam certos regulamentos. A tragédia da Cromañón tinha acontecido havia pouco tempo e ninguém queria correr o mínimo perigo. Atrás do breve aglomerado de pessoas era possível respirar e eu fiquei lá, porque queria continuar respirando.

Antes de ir ao show, à noite, pensei: será que vai estar muito cheio? Será que vai ser possível respirar? Vou conseguir?

Quando cheguei, pude ver um grupo de pessoas na casa dos trinta e poucos fumando maconha e cigarro, vestidos com jeans e couro, mas transpirando. Eles conversavam enquanto olhavam para o relógio no celular ou no pulso. O show ia começar dentro de poucos minutos, e minha amiga Rocío e eu fumamos um cigarro sentadas no canteiro de uma árvore na calçada em frente ao tumulto. Também precisamos fumar antes de entrar, são costumes contagiosos. Comecei a sentir o tremor característico nas mãos, aquele que te espera, aquele que te imagina, aquele que reza todas as noites pelo seu amor.

Entramos no teatro com os primeiros acordes de uma música. O tremor continuou, embora eu tivesse percebido que o lugar não estava cheio até a tampa. Estava na medida certa, lindamente cheio. E eu olhei, olhei muito: a vocalista da banda é uma garota de densos cabelos loiros que lhe caem pelas costas. Usa uma roupa como a da Xena, a princesa guerreira, mas em dourado e preto. As pernas são cobertas por meias arrastão e ela grita, ao mesmo tempo que as luzes estroboscópicas nos atingem diretamente no rosto. A mim, a eles, a nós. Tenho a sensação de que esse efeito de luz não existia em 2006, só me lembro de algumas luzes de cores primárias nos shows de rock, apenas algum truquezinho que nos ajudasse a sentir empatia até a emoção ou a loucura saudável. A menina pula e faz seu cabelo grosso chacoalhar, se alegra de tanto em tanto, seu riso poderia muito bem ser a magia do rock, e ela nos diz que lá embaixo, no tumulto, está sua mãe. "É a primeira vez que ela vem me ver, estou muito feliz. Amem-se, filhas e mães, façam isso de se amar." E então aplaudimos esse simples conselho. Ao lado dela, dois homenzinhos finos como alfinetes massageiam uma guitarra e um baixo. E lá atrás, idêntica ao cisne negro do filme que vi mais de três vezes, a baterista bate com força no tambor e acompanha a música com o rosto incendiado. Fazia tempo que eu não vinha a um lugar fechado para ouvir alguém cantar. As pessoas ao meu redor dançam e cantam as músicas. Não posso fazer o mesmo. Primeiro, porque não sei as letras, e segundo, porque o tempo passou e dançar num show não é algo de que eu goste. O pudor é uma fuga, agora. A maré de gente é um vaivém e, quando se abre um espaço, posso ver que uma garota com os cabelos verdes sobe nos ombros de um menino. Então penso: quero congelar esse momento. A menina agita os braços e o menino que a carrega a faz pular. A última vez que vi algo parecido foi num casamento de um casal que eu mal conhecia. Quão longe da juventude estou, como deixei isso acontecer? Então sensações muito claras vêm à minha cabeça, e também à minha barriga e às costas. Tenho quinze, dezesseis anos. Uso calças e jaqueta jeans, camiseta do Viejas Locas, uma bandeira que eu mesma pintei. Estou cantando à beira das lágrimas nos ombros do meu primeiro namorado, que, além de segurar meus tornozelos para não me deixar cair, me olha com um amor desmesurado. A música ao vivo torna vivo tudo ao redor. Somos um viveiro ao meio-dia. Estar nas alturas, acima de todas aquelas cabeças banhadas de luz, pode ser a salvação desse cotidiano que se tinge cada vez mais de cinza urbano.

Agora o guitarrista, vestindo calças rasgadas na perna e camiseta com desenhos de fogo, entrega o instrumento a um amigo e com um microfone sai pelo palco para uivar palavras de carinho e desprezo ao seu público. Ele parece uma criança com menos de doze anos com um brinquedo muito desejado no Natal. Acaba de ganhá-lo e tem de sair para conferir seu funcionamento na calçada.

Dali de baixo, do palco, posso ver sua determinação e o suor. O brio e a força também são coisas que posso invejar. Não porque eu tenha esquecido alguma forma de vida, mas deixei de lado a euforia: aquela que alimentei por tanto tempo. Essa que, por exemplo, se sente na companhia do músico na reprodução fiel do seu novo disco. Da escrita que se torna música. Porque, vamos lá, o que é mais mobilizador do que a emoção dos outros por algo que surgiu sem querer, numa tarde de inspiração?

    Agora, os lugares onde as bandas tocam não transbordam mais de gente e isso salva, tanto o show quanto o público. A concentração no que acontece no palco é garantida. Os punk pop repetem "Halloween, Halloween", e um casal de menino e menina se beija apaixonadamente, enfiando as mãos debaixo da camiseta, na altura da bunda. Para eles, cantar também é beijar até a exaustão. Entro no banheiro do teatro sem um motivo especial, só porque quero entrar, porque quero ver as torneiras e pias. No cubículo há um espelho gigante, então olho para mim mesma. É curioso: posso me ver aos dezessete. Algo da comissura dos lábios e do cabelo despenteado, algo da autoconfiança, de que não importa muito o que virá a seguir, a meia hora no ônibus da linha 24 a caminho de casa, lavar o rosto e escovar os dentes, a entrega ao sono para começar cedo, de novo, no dia seguinte. Shh. Agora não.

    Quando volto ao núcleo de gente, percebo que o tremor passou. O show está terminando e os músicos se jogam sobre as pessoas, tiram fotos. Há uma névoa de adolescência que nos embriaga. Abraço minha nova amiga, como naquela época abracei Julia, Martina, Yanina, Manuel, como se a Cromañón não tivesse acontecido, como se a maioria das coisas perdesse a periculosidade. Esse entusiasmo é bom, nós merecemos. Abraço minha amiga que também está na casa dos trinta anos e digo: vamos lá, Rocío, mesmo que a gente não conheça a letra, vamos cantar esse bis.

18.
REPITA O REFRÃO ATÉ O FIM

De 2018 em diante

Mi scusi, un caffé?, pede Martina fechando o cardápio. A garçonete responde apenas com um gesto de ombros, porque é assim que se faz aqui. Martina olha para si mesma no reflexo do vitral e gosta do que vê. Há poucas pessoas a essa hora da manhã, e no balcão do local, dentro de frascos de vidro e bandejas, uma quantidade significativa de pudins, doces e biscoitos. Esse amanhecer tem cheiro de baunilha e Martina está sozinha, mas recebendo tudo que é novo. *Grazie, signora*, é o que lhe disseram que ela tem de responder e ela faz isso, mesmo que o sotaque não seja perfeito. Os dentes da garçonete também não são e Martina nunca será capaz de viver sem se concentrar na boca dos outros. O café é denso e saboroso, deve ser o primeiro mundo que está impresso nos detalhes. Agora Martina põe fones de ouvido brancos e canta uma melodia latina para que tanto estrangeirismo não faça tremer a xícara que dança nos seus dedos. Hoje é um novo dia neste haver partido e ela espera, por favor, ter alguém com quem trocar algumas palavras quando entardecer.

Põe o braço para fora da janela porque odeia sua própria fumaça enquanto fuma. É pleno verão lá fora. Se o carro fosse deixado aqui, provavelmente derreteria como um sorvete esquecido fora da geladeira. Sua nuca transpira e uma música em inglês se repete a dois quilômetros. Analía, a psiquiatra, disse-lhe que ela precisava olhar para o mar. Sempre que puder, esteja perto de uma superfície sem limites, infinita aos olhos. Yanina presta atenção ao conselho. Não é a primeira vez que ela viaja para algum confim e isso lhe faz bem. Aplaca sua angústia, diminui seus batimentos cardíacos.

Encontra uma YPF na beira da estrada. Carros metálicos de cores primárias se emparelham sob um toldo, e fileiras de mulheres esperam para entrar num banheiro cheio de moscas e mosquitos. Yanina faz o mesmo e olha com inveja para os homens que entram e saem dos mictórios como se seus corpos, em algum momento, fossem divinos. Yanina acende outro cigarro. Liga o telefone e agora há oito chamadas da sua mãe, e mensagens que se repetem uma após a outra com variações de "você está bem?" ou "você está viva?". Quando ela sai do banheiro, compra uma bebida com guaraná e toma de um só gole sob os raios do sol, enquanto uma menininha com franja grossa cospe nos seus tênis novos depois de lhe fazer uma careta repulsiva.

"As baleias são animais magníficos por causa do seu grande tamanho e porque são pacíficas e misteriosas. Suas viagens migratórias costumam ser mais longas do que as de qualquer mamífero na Terra. Elas são as embaixadoras do mar e um ícone da luta para proteger o planeta. Atualmente, sua caça continua sendo uma ameaça, embora outras causas ambientais também estejam afetando seriamente sua sobrevivência.

As mudanças climáticas, a poluição, a destruição do habitat e a pesca descontrolada são apenas alguns dos problemas que devem ser abordados com urgência se quisermos um mar saudável para as baleias e para todos os seres que nele vivem e para as comunidades que dele dependem." Quando Joaquín termina de dizer essas palavras, uma multidão de colegas ativistas o aplaude, comovidos. Joaquín agradece inclinando a cabeça. Ele está profundamente sério, como um caubói do Velho Oeste. Levanta-se da cadeira e caminha entre as pessoas que o abraçam, e devolve aquele gesto. Então se tranca numa sala com luzes tubulares de LED. Pelas diretrizes que recebeu, Joaquín sabe que terá de arrumar a mala para pegar um voo pela manhã.

O som é tão agudo que Nahuel grita de dor. Ele massageia a orelha esquerda como se quisesse tirar dali uma sujeira nociva. Deixa o fone de ouvido sobre a mesa e faz anotações no computador. O acessório que acabou de testar não está pronto para venda no mercado. É um estúdio de gravação envidraçado e branco, com ar condicionado quente. Mesmo assim, ele está com bastante roupa. O cabelo no rosto serve para protegê-lo. Como os animais do Sul da Argentina, Nahuel tornou-se um bicho acostumado ao frio. Um colega fala com ele, em alemão, dizendo que é difícil para ele aprender e Nahuel só responde *yes*. Agora ele vai para a cozinha fazer um café com leite com muita espuma. Esse primeiro mundo gera produtos publicitários ao alcance das mãos. A cozinha da empresa de som York poderia muito bem ser o último modelo de uma nave espacial. Nahuel toma café e pensa em conexões elétricas, em sistemas de tentativa e erro. Na mesa do seu escritório, ele colou duas fotos: uma de Futuro, seu cachorro, e outra de Sol, sua namorada.

"Quais são as vantagens de ir trabalhar nas plantações de morango? Consegue-se um trabalho fácil e rápido. É uma boa maneira de começar a economizar. O salário é baseado no salário-mínimo de cada país. Pode ser em torno de 13 a 14 euros por hora, embora eles também possam pagar em euros por quilo de fruta coletada. Por exemplo, 0,80 euro por quilo de morangos. O alojamento é muito barato. Por ter um endereço fixo, já podem obter o CPR." O que será o CPR?, pergunta-se Julia enquanto baixa, ansiosa, o cursor do mouse. É a única coisa que falta. São sete horas da noite, e o cibercafé dessa cidade barulhenta já se esvaziou. Ela ainda não conheceu nenhum argentino e amanhã, às sete da manhã, seu ônibus parte para o campo. Uma vez na rua, Julia pode andar cinco quarteirões sem rumo antes de se perder. Aos seus pés, ela vê que um grupo de ratinhos, entre brancos e acinzentados, compartilham o queijo que ficou grudado num pedaço de papelão. Julia volta ao hotel e deixa a mala pronta. Ela se olha no espelho, sem óculos. Embora o que vislumbre seja uma mancha míope que lhe mostra alguns cabelos, rosto e tronco, ela não pode disfarçar a calma. A respiração que entra e sai como deve.

Uma massa de pessoas pula em uníssono num gramado coberto por placas de plástico preto. A organização do show é eficiente: ninguém quer que a grama morra para sempre. É estranho ouvir "La balada del diablo y la muerte" em ritmo mexicano, parece mais uma canção do Maná do que do La Renga. De qualquer forma, Vera não vai deixar essa ideia arrefecer seu entusiasmo. Faz muito calor nesta cidade e Vera amaldiçoa o namorado Beto, que lhe jurou que no México ela não sentiria a altitude. Sua cabeça dói, ela tem vontade de vomitar. Agora Chizzo diz: "Boa noite, Guadalajara. É uma honra para nós estar aqui". Vera sorri. Ela está sozinha e sofrendo pela altitude, mas não vai parar de pular de jeito nenhum. No instante em que ouve os primeiros acordes de "En el baldío", começa a correr para a frente. Livra-se de braços, torsos, topetes de cabelo. "*Las garras de un terrible ser desplumaban a un ángel en el cielo.*"[13] Vera chega lá na frente. Mal consegue se mexer. Os mexicanos podem ser exagerados, mas ela não se importa. Outra vez os olhos cheios de lágrimas no refrão, que se repete até o fim como uma oração diária, de manhã, à tarde, à noite. Vera se deixa levar pela maré de estrangeiros e não se preocupa se parece triste ou destroçada. É aqui que precisa estar.

A água morna é um prazer até se enfiar no ouvido, então Jorge tem que tirar a cabeça da piscina e bater o punho esquerdo na têmpora até que o líquido saia completamente. Isso sempre lhe acontece. É que as câmaras espiraladas dos seus ouvidos são diferentes das dos demais. Nenhum médico lhe disse isso, mas Jorge tem certeza de que é assim. Porque, embora ele seja obstetra e traga crianças barulhentas para este mundo, ele também tem um conhecimento, ainda que básico, das propriedades otorrinolaringológicas do corpo humano. Jorge atende pacientes desde o início da manhã e por volta das quatro da tarde faz uma pausa na piscina de um clube que fica no centro da cidade, no sétimo andar, acima dos aparelhos de musculação, das salas de aeróbica, das aulas de dança afro. Jorge nada diariamente porque seu coração trabalha devagar, às vezes é até difícil ouvir os batimentos. Depois de quatro longos *crawls*, o coração é uma banda de rock dentro dele, então Jorge recupera a cor nas faces. Finalmente, ele sai da piscina aquecida e

13 "As garras de um ser terrível depenavam um anjo no céu."

toma um banho quente. Nesses momentos, consegue não pensar em nada. Aquele chuveiro branco e sem alma o tranquiliza. Deixa-o como novo.

São cinco horas da manhã e Manuel está com os olhos bem abertos. No céu há três cores, como uma sobremesa muito doce, e alguns insetos o picaram durante a noite. No terraço não há nada além da espreguiçadeira que ele trouxe e um pé de maconha que rega diariamente. Manuel já ouviu mais de três discos de rock. São bandas novas que estão começando a tocar. Ele não gosta muito de nenhuma delas. Para nenhuma dessas bandas ele levantaria uma bandeira, mas o guitarrista ou baterista são seus amigos e quando os vir vai dizer: "Gostei da terceira música, é sua? Talvez vocês pudessem consertar os baixos. A voz da cantora não é ruim, mas na faixa cinco eu mal a ouvi". Os amigos e as amigas de Manuel ouvem seus conselhos. Confiam no seu ouvido. Manuel toca novamente o celular *touchscreen*, modelo 2017. Ele entra no Twitter, rola a tela, entra no Facebook, rola a tela, entra no Instagram, confere o número de pessoas que acabaram de ver sua fotografia com a camiseta do Boca no terraço do prédio. Embora o time não ande muito bem, ele sente orgulho de tirar fotos com a camiseta. Rita, a namorada, liga de vez em quando para perguntar quando é que ele vai descer para dormir, mas Manuel não a atende nem lhe responde com uma mensagem de texto do tipo: "Fica tranquila, estou bem. Pode dormir".

São cinco da manhã de um sábado no fim de dezembro. Em breve vão se completar treze anos da Cromañón, e Manuel sabe disso porque sempre conta os dias, porque todo final de dezembro ele dorme ou finge que dorme no terraço. Algumas horas antes, alguns vizinhos dançavam abraçados uns com os outros, entre a fumaça de um churrasco já frio e os gritos provocados pelo excesso de vinho branco e fernet. Dançaram e Manuel olhou para eles, atento a todos os detalhes. As mulheres, de personalidade forte mas de braços frágeis, os homens abraçados e desajeitados, como se estivessem num show de punk rock. Agora são quase seis horas da manhã, e o céu tem apenas uma cor que se unificou. O dia chega quente e Manuel coloca um disco no Spotify, a nova plataforma para ouvir tudo o que quiser. Manuel brinca com os pelos das pernas. Com o mesmo isqueiro que acende um Marlboro após o outro, acende os rolinhos que se formam nos seus joelhos. Ele gosta do cheiro que sai do pelo queimado. Dá prazer sentir aquele aroma entre doce e preto que parece uma emergência. Ele não pode acreditar que, com tudo o que aconteceu, o álbum que os Callejeros lançaram em 2006 ainda pareça tão, tão bom. "*Creo que con una canción la tristeza es más hermosa. Creo que con una palabra puedo decir mil cosas.*"[14] Toda vez que a quarta música do álbum toca, na cabeça de Manuel começam a aparecer muitas imagens dos dias que ele passava ouvindo a banda, indo vê-la, tentando conseguir qualquer áudio pirateado de shows aos quais ele não tinha podido ir, as ruas por onde ele andava, os ônibus que pegava e as cervejas que compartilhava. Os amigos que seguiram em frente e os que não. Manuel boceja, mas não quer voltar para o apartamento com Rita. Ele gosta da intempérie. Logo a semana começa. Sua carreira de produtor musical, seu trabalho com a música, ir ver o Boca Juniors jogar no meio da semana, comprar guitarras, pedais e mais guitarras.

---

14 "Acho que com uma música a tristeza é mais bonita. Acho que com uma palavra posso dizer mil coisas."

19.
ADESIVOS

Manuel e eu nos desprendemos de um beijo cheio de saliva. Estamos suados, com cheiro de azedo debaixo dos braços, aquelas coisas que acontecem com os hormônios aos dezesseis anos. Eu gosto da nossa sujeira e ele diz que podia ficar cheirando minha axila por muito tempo. Falta uma hora para o show da banda que viemos ver, aquela que fez o maior sucesso depois da Cromañón, depois dos Callejeros.

Na esquina da discoteca em que entraremos em breve há um carro batido. Está parado ali faz algum tempo, alguns comentam que parecem tê-lo visto. É uma sucata memorável, com a capota virada e a parte de trás amassada e num tom laranja, de ferrugem doentia. Eu comento que é incrível que o tenham abandonado assim depois de um trágico acidente. Destaco algo que me chama a atenção: na janela há mais de vinte adesivos colados. Todos de bandas que gostamos e ouvimos, letras que sabemos de cor como uma oração universal. Nós nos perguntamos quem terá andado naquele carro por um tempo, até que parou. Manuel está com as unhas compridas, tenta arrancar o adesivo do Los Gardelitos. Falamos para ele não fazer isso. Não consigo parar de olhar: são tantas figuras coladas ali, lado a lado, feitas de plástico adesivo que já ficou amarelado. Chego a pensar que essa bagunça toda ainda tem vida.

Comemos um cachorro-quente e bebemos Coca retornável na lanchonete da esquina, mas ainda não fizemos a digestão. Apressamos o processo com cigarros, mas não adianta, o corpo é que decide quando está pronto.

Entramos.

Está muito quente ali. Estamos de regata e calças pretas. Vestimos a camiseta dos Callejeros como uma camisa de um time de futebol do qual somos torcedores, ainda não nos conscientizamos plenamente da culpa, da irresponsabilidade. À tarde, nos reunimos em praças da capital para apoiar os Callejeros, repetimos que eles são "inocentes inocentes inocentes", embora não saibamos o que é tal coisa.

Uma amiga e um amigo devoram-se as bocas atrás da coluna dessa discoteca agora legalizada, agora habilitada pelo Ministério da Justiça e Segurança. É que nessa idade fazemos isso, estamos o tempo todo circulando pelo corpo do outro.

Ouvimos os primeiros acordes. Manuel enlouquece. Ele corre para a frente como um cão sem coleira, vai com a língua para fora e o cabelo todo suado, cheio de saliva e amassos. Subo nos ombros do meu amigo Chiquito. É confortável estar ali. Chiquito tem as costas como uma geladeira e lá eu posso dançar como se estivesse numa quitinete. Minhas amigas sobem nos ombros de outros amigos, é uma coreografia que conhecemos muito bem. A banda entra e diz:

— Boa noite a todos. Como estão?

Respondemos que estamos bem, gritando alto.

—Vamos pedir um minuto de silêncio pelos companheiros e companheiras da Cromañón.

Então lá estamos nós, divididos entre a euforia, a pressão alta e o minuto de silêncio que agora sugerem em todos os lugares. Na escola, nos shows, sozinhos em casa, nos minutos antes de dormir.

O vocalista da banda fecha os olhos. Sabemos que ele perdeu a namorada na noite de 30 de dezembro. Quando os abre, volta a perguntar como estamos. Respondemos outra vez que estamos bem, embora não seja inteiramente verdade. Como uma autoflagelação ou uma música tocada para induzir o choro, essa banda agora de sucesso toca "Ancho de espadas", uma música da demo dos Callejeros — a que circulou em 1998 em fita cassete e mais tarde, devido ao sucesso de vendas, foi transformada em CD. A demo que escreveram, gravaram e tocaram quando tinham cerca de dezenove anos de idade.

Nos ombros de Chiquito, olho para os meus amigos. Lá embaixo eles levantam as mãos, o rosto deles está coberto de lágrimas, e o meu também. O cheiro das lágrimas é uma mescla entre o cheiro de vapor de chuveiro e muco. Nós também gritamos.

De uma coisa eu tenho certeza. Naquela noite, sonho que saio à minha varanda. Diante dela, uma pessoa acende um sinalizador que num segundo vem em direção ao meu nariz e lá explode num barulho abafado e quente. Sem dor. Então não me olho nunca mais no espelho e tudo bem, ninguém diz nada e eu também não pergunto.

A Ivana Romero e María Moreno, mestras "miyagui", por suas leituras.

A Fernando Pérez Morales, por dizer que sim desde 2014.

A Juan Renau, pelas respostas em horas ridículas e por me ensinar a dar "play" no Tascam.

A Eugenia Perez Tomas, por me emprestar conceitos.

A Rogelio Navarro, pela camaradagem minuto a minuto.

A Clint Buarque, pela certeza sensível nas mensagens de voz.

A Agustina Muñoz, líder em me persuadir a não abandonar o barco e pelo ritmo de suas ideias de traços fortes.

Às minhas irmãs Natalia Viñes e Tamara Viñes, pelos refrãos, pelos shows constitutivos e porque sempre a música.

E gostaria de agradecer como um grafite eterno aos meus amigos e amigas do Normal nº 1 — ou arredores — e aos meus amigos de hoje: porque eles quiseram, e acima de tudo puderam, dar voz para que este projeto começasse a andar, e porque andou.

Dados Internacionais de Catalogação na Publicação (CIP)
de acordo com ISBD

F113d
Fabbri, Camila

    O dia em que apagaram a luz / Camila Fabbri.
    Tradução: Silvia Massimini Felix
    São Paulo: Editora Nós, 2024
    160 pp.

Título original: *El día que apagaron la luz*
ISBN: 978-65-85832-17-5

1. Literatura argentina. 2. Romance.
I. Felix, Silvia Massimini. II. Título.
2024-292   CDD 868.89923   CDU 821.134.2(82)-31

Elaborado por Odilio Hilario Moreira Junior, CRB-8/9949

Índice para catálogo sistemático:
1. Literatura argentina: Romance 868.89923
2. Literatura argentina: Romance 821.134.2(82)-31

© Editora Nós, 2024
© Camila Fabbri, 2019
Publicado em acordo com a Casanovas & Lynch Literary Agency

Direção editorial SIMONE PAULINO
Editor SCHNEIDER CARPEGGIANI
Editora assistente MARIANA CORREIA SANTOS
Assistente editorial GABRIEL PAULINO
Edição JULIA BUSSIUS
Preparação TAMARA SENDER
Revisão ALEX SENS
Projeto gráfico BLOCO GRÁFICO
Assistente de design STEPHANIE Y. SHU
Produção gráfica MARINA AMBRASAS
Coordenador comercial ORLANDO RAFAEL PRADO
Assistente comercial LIGIA CARLA DE OLIVEIRA
Assistente de marketing MARIANA AMÂNCIO DE SOUSA
Assistente administrativo CAMILA MIRANDA PEREIRA

Imagem de capa MARIELA SANCARI
El abrazo (da série "El caballo de dos cabezas"), 2023, 60 × 40 cm, impressão de injeção de tinta em papel de algodão

Texto atualizado segundo o novo
Acordo Ortográfico da Língua Portuguesa

Todos os direitos desta edição reservados à Editora Nós
Rua Purpurina, 198, cj 21
Vila Madalena, São Paulo, SP | CEP 05435-030
www.editoranos.com.br

Fontes ALPINA FINE, SIGNIFIER
Papel PÓLEN NATURAL 80 g/m²
Impressão MARGRAF